鹿草木夾纈屏風

正倉院（財団法人菊葉文化協会発行）

まえがき

自然の中で躍動する動物たちは万葉人の詩情を誘ってやまない。

『万葉集』四千五百余首のうち直接、間接に動物が登場するのがおよそ一千首。植物に関連する歌が千五百首ほどあるとのことだから、動・植物が組になって詠まれている例を考慮しても、動植物の歌が半数以上のかなりの部分を占めていることが分かる。この数字はいうまでもなく万葉人をめぐる自然環境の豊かな背景と、万葉人の動植物への関心の高さを偲ばせるが、植物のうち「万葉の花」については別の機会に扱ったので、ここでは「万葉の動物たち」を主役として、花は脇役にまわってもらうことにする。

万葉の花も花らしい花が咲くのは五十種ばかり。植物としては百五十種ほどである。動物の場合にはおよそ百種類ほどで、それほど多くはない。当時の動物のすべてがこれによって尽くされているとは到底言えないにしても、これらの歌によって万葉人たちが身近かに親しんできた「生きものたちの自然世界」が描き出される。自然と人間が多種多様に、豊かに、喜怒哀楽を交換し、関わってきた古くも、懐かしき頃の萬葉の世界が展望される。

この小著では百題を扱っている。グループ分けをすれば鳥類四十九首、哺乳類二十一首、魚介類十七首、昆虫類十一首、その他二首となる。但し「鳥」のような抽象的名称、重複の動物もあるので、ここでの取り扱いは、種類のことではなく、歌意に応じた選択を意味するに過ぎない。とにかく鳥の歌が一番多い。季節の推移を告げる渡り鳥は、咲く花々の変化に伴い、季節の花に訪れては、蜜を貯えると何処かへ飛び去って行く。この出会いと離別、歓びと悲しみの鳴き声は、人情の哀歓に深く沁み透る旋律となって心に響く。けだし人々が待ちのぞむのは、春を呼ぶ鳥の声である。

冬ごもり春さり来ればあしひきの
山にも野にも鶯鳴くも（十―1824）

また生活圏をともにする哺乳動物たちは人間にとって親しいばかりの存在ではない。時には恐怖の対象となって人間を脅かすのである。猪、狼、熊などの野獣が、かなり民家の近くまで出没したらしく、そのような狼に対して、大口の真神と称えて畏怖しているのも万葉人の知恵であろうか。ホトトギス（一五六首）に続いて多く詠まれているのが馬（八五首以上）である。馬は人間の生活に密着して、厩を作り、柵で囲って、飼育をし、旅に当たっての不可欠な交通機関でもあった。ほとんど唯一ともいってよい東光治著『萬葉動物考』上下巻に「馬考」がないのはどうしてであろうか。つぎの歌は、遊猟を目前にした馬のいななきが聞こえるようである。

たまきはる宇智の大野に馬並めて
朝踏ますらむその草深野（一―4）

最も楽しいのは魚介類の世界。これは万葉グルメの豊富さを思わせる。さらに万葉人の繊細な目は小動物の昆虫にも想像力が及んでいて、「すがる（じがばち）」を捉えて腰細の美女を連想し、「蜻蛉（あきつ）」が女性の領布（ひれ）に変容する。浜辺の貝は旅の人にとっては帰郷の際の土産ものでもあった。天平八年に新羅に遣わされた無名の使人が船旅の途中に立ち寄った浜辺で拾った貝。恋人にプレゼントしたいのだが誰かに託すこともできない。もとの場所に返しながら、秋になって私が帰ってくるときには浪に運ばれて、ここで待っていておくれ。

秋さらばわが船泊《は》てむわすれ貝

寄せ来て置けれ沖つ白浪（十五―３６２９）

さて「万葉の動物たち」を動物そのものとしてみれば、現在も、場合によっては、名まえを変えて、何処かに棲息する動物がほとんどであろうし、動物愛好家はすこぶる多い。とはいえ万葉時代に身近かに棲息したらしい動物たちも、ある時期から何処かに移住してしまって、消えている種類も多い。何かが変わったからである。何が変わったのであろうか。万葉人の歌心を動物たちとの触れ合いを通して再発見することができればと思うものである。さらに主題に関連する数首を補足しながらイメージが膨らむままに拡大させて、異文化の動物誌にも少しばかり触れてみた。文化圏の違いによって異なる動物誌のあることを痛感し、日本文化の底流をなす『万葉集』の心を理解する一助ともなればと願っている。

著　書

目次

哺乳類

魚介類

昆虫類

その他

凡例

一、引用歌は主として日本古典文学大系『万葉集』全四巻（岩波書店刊）によるが、その他に『萬葉集』訳・注釈書を併用したので、それらは参考文献と共に末尾に掲載する。

一、引用歌以外の説明文は原則として現代仮名づかいにする。固有名詞のルビも例外を除いて原則に従う。

一、万葉動物名の説明順序は鳥類は季節に従って渡り鳥・留鳥として、その他は例外を除いて五十音順とした。

一、説明文の動物名は万葉表記を除いて他は『動物事典』に従って和名のカタカナ書きにしておく。

一、年月日は旧暦である。

一、挿し絵は青山文治筆以外に、鹿持雅澄著『萬葉品物図繪』、佐佐木信綱・新村出共編『萬葉図録』からの転載と、さらに関連写真を併用することにした。

一、巻末に引用歌の索引を添付しておいた。

鳥類

1　うぐいす（鶯・宇具比須・于遇比須）漢名　鶯・黄鳥、集中四九首

春《はる》されば　をりにをりり　鶯《うぐいす》の　鳴《な》くわが山斎《しま》そ　やまず通はせ

葛井連広成《ふぢゐのむらじひろなり》（六―1012）

（春になると花が枝もたわむように咲いて、鶯の鳴く私の庭ですよ。絶えず遊びにおいでくださいな）

三月も上旬のある日、大和の古道、山の辺の道で、林の中を散策していると鶯が鳴くのを聞く。小鳥たちの声に混じってホーホケキョ。まだ美声ではない。『万葉集』巻六は「雑歌」ばかり。しかも殆どに作者名が記されている。右は冬の作歌で、葛井連広成の家での宴席歌。広成は新羅使が来朝の節には筑前に赴き、歓迎の労をとっている。『懐風藻』に漢詩二題、その他に広く活躍した奈良朝の文化人である。年の暮れ十二月十二日に自宅において歌舞を行い、また古歌に準じた自作の歌二首が宴で披露せられた。いずれも春になったらまたお越し下さいと来訪を誘う歌。

わが宿の梅咲きたりと告げやらば来《こ》といふに似たりちりぬともよし（六―1011）

鸎、別名　報春鳥、花見鳥

梅の花が咲いたと告げてやれば、お出下さいというのも同じこと、散ってしまっていてもよいではありませんかと。

上掲の歌の「ををりにををり」は、「花咲きををり」の古歌によったもので、特別に花が咲くとは断らなくとも、これで十分に意味が通じたのであろうか。春には枝もたわわに花が咲き、鶯も来て鳴きますよと、ご自慢の庭園を楽しんでいるという贅沢な気分の歌。とはいえ、それが単に私的風流に止まるのではなく、半ば恒例行事の一つあったことが説明からわかる。

題詞のよれば「歌儛所《うたまいどころ》の諸《もろもろ》の王《おほきみ》、臣子《おみのこ》たち」が広成の家に集まった。当時、年末になると、古い歌舞を行うのが流行となり、それを歌い舞うことによって、新しい年を迎えようとするのが恒例となっていた。古情を尽くしてともに古歌を唱ふべし、「風流意気の士のもしこの集《つどい》の中に在《あ》らば、争ひて念《おもひ》を発《おこ》し、心々《こころごころ》に古体《こたい》に和《こた》へよ」

と古歌に因んだ春を呼ぶ歌を唱和した。

歌舞所は雅楽寮にある「ウタマヒノツカサ（和名抄）」のこと。『続紀』の天平三年七月二九日の記録に「雅楽寮《うた》に所属する各種の楽生《がくしょう》の定員を定めた。大唐楽は三九人、百済楽《くだら》は二六人、高麗楽《こま》は八人、新羅楽《しらぎ》は四人、度羅楽《とら》は（耽羅＝済州島）は六二人、諸県舞《もろかた》（日向国諸県郡の歌舞）は八人、筑紫舞は二十人である。大唐舞の楽生は日本人、外国人を問わず、学習能力のある者を取り、百済・高麗・新羅などの楽生はそれぞれその国で学ぶ能力のあるものを取る」。その他の規定が述べられていて、奈良の京の豊かな国際性の片鱗がうかがわれて興味ぶかい。諸王諸臣の子等はこの雅楽寮にて学ぶ楽生たちであったのだろう。とにかく庭園を構えた広成宅での風雅な宴の様子がうかがえる。

庶民の住宅事情の昨今では、空き地という空き地は、ほとんど家と家の軒先で埋め尽くされ、およそ鶯の鳴き声などは忘れてしまっていた。たまたま山裾の木立の中を歩いていていて、何気なく耳にした鶯の鳴く声の新鮮さ。これぞまさに自然の与えてくれた贅沢！といえるのではないだろうか。

2　よぶこどり（喚子鳥・呼児鳥・喚孤鳥）集中九首

春日《かすが》なる　羽易《はがい》の山ゆ　佐保《さほ》の内《うち》へ　鳴《な》き行《ゆ》くなるは　誰《たれ》よぶこどり

作者未詳（十―1827）

（春日にある羽易の山を通って、佐保の里の内へ鳴いて行くらしいのは、誰を呼ぶ呼子鳥であろう）

鳥の羽を交わしたような形をした山、春日周辺にその名を残しているようなところは無い。『大和地誌』によれば、高畑町あたりから春日山を仰ぐと、御蓋山が著しく前に突起してあたかも大鳥のごとく。その背後の左右に春日山が羽を広げたように見えるところから、羽易の山と言われるとある。高畑付近には今日なおその景観が残されているからうれしくなる。羽易の山から佐保の内へ、南から北へ鳴いて行く呼子鳥。

啼き声から命名された呼子鳥の実体には諸説があるがカッコウ説が有力。カッコウ―、カッコウ―と鳴くのでその名がつけられた。夏に訪れる渡り鳥なのに、春を告げる鳥でもある。これとよく似たのがホトトギス。カッコウ（翼長二十二センチ）よりもホトトギス（翼長十五センチ）がやや小ぶり。両者ともに托卵の習性をもち、次の歌がある。

鶯の　生卵《かひこ》の中に　霍公鳥《ほととぎす》　独《ひと》り生《うま》れて　己《な》が父に　似ては鳴かず　己が母に
似ては鳴かず　卯の花の　咲きたる野辺ゆ　飛びかけり…鳴けど聞きよし　幣《まひ》は
せむ　遠くないきそ　わが屋戸《やど》の　花橘に　住み渡れ鳥（九－1755）
（高橋連虫麻呂歌集）

「幣はせむ」は贈り物をすること。自由なはずの鳥ではあるけれども、流動を本性とするところにかえってあわれを覚えずにはいられない作者である。

いい声だ。だから花橘に住みついて鳴き響かせてくれ、と引き止めようとはすれども、渡り鳥のホトトギスは雨の中を飛び去ってしまうのである。

かき霧《き》らし雨の降る夜を霍公鳥鳴きて行くなりあはれその鳥（九－1756）

羽易の山

このホトトギスの歌の詩情はまた呼子鳥の歌に共通するものといえよう。

坂上郎女が、佐保の宅にて作る呼子鳥の歌（天平四年三月一日の作）がある。

尋常《よのつね》に聞くは苦しき呼子鳥《よぶこどり》声なつかしき時にはなりぬ（八―1447）

「尋常に聞く」の解釈が難しい。一説に春以外の「常時鳥」（留鳥）という見解がある。もし呼子鳥を郭公とすれば、この渡り鳥について常時というのはおかしい。したがって、これは呼子鳥に絡まる特別の記憶があって、その連想から呼子鳥を懐かしくさせるのではないか（私注）。これによると「聞くは苦しき」の意味が曖昧になる。そこで、「聞くは苦し」は、聴覚的に「聞き苦しい声（契沖）」というのではなく、「心が苦しくなる」ような痛みをいっているのではないか。「尋常に」と「苦しい」とがよく結びつかないので、あえて、呼子鳥の名称に由来する一般的習性を聞けば「心苦し」とする。呼子鳥が啼くのは、他のものに託したわが子を呼んで鳴いている。「おまえは、わたしの子ですよ！」、とそう聞けば、心苦しくなるけれど、春を告げる声と聞けば懐かしいものである。人間心で聞けば、悲しい小鳥の習性も、万葉時代に既に一般的に知られていたのではないかと思う。

3　いかるが（斑鳩・伊加流我）漢名　斑鳩・蠟嘴鳥、集中二首

斑鳩《いかるが》の　因可《よるか》の池の　宜《よろ》しくも　君《きみ》を言《い》はねば　思《おも》ひそわがする

作者未詳・寄物陳思（十二―3020）

（斑鳩の因可の池名のように、よろしくあなたのことを世間が言わないので、私は心配していますよ）

イカルガは、イカルの古名である。

イカルは雀科のうちでは大形の鳥で、嘴が太く、短く、黄色である。大豆を嘴に挟んで上手に廻し、縦になった時、プチッと噛み割って食べるので「豆廻し」の異名がある。また、鳴き声が「ツキヒホシ（月日星）」と聞こえるので、「三光鳥（さんこうちょう）」とも称される。

法隆寺は、古くは斑鳩寺と呼ばれていた。斑鳩の地名に因んだ呼称であろうが、地名の由来には定説がない。上掲の歌によれば「斑鳩の因可の池」とあるから、イカルガの群棲した池があった。秋に小群をなして渡ってきて、春から初夏にかけて次第に姿を消してしまう。とりわけ春には、池の周辺の樹木を住処として飛び交い、美しい

声で囀るので、人々に親しまれ、地名にまでになったものか。

　聖徳太子がこの斑鳩の地に斑鳩宮を興《た》てたのは推古九年（601）二月。続いて斑鳩寺も造建された。太子が宮の所在地として斑鳩に着目したのは、斑鳩からの竜田越・大和―難波ルートという新しい外交路線の確保のためもあった。斑鳩宮は賑やかに栄えたことであろう。小鳥が寄り来るように、かつては人も集まった賑やかな斑鳩の地。その推移に思いを寄せながらこの作者は、近頃評判の宜しくない君のことをしきりに気にしている。

　イカルガにヒメ（シメ説あり）を組み合わせた歌がある。

斑鳩の里

近江《あふみ》の海　泊八十《とまりやそ》あり　八十島の　島の崎崎《さきざき》　あり立てる　花橘《はなたちばな》を　末枝《ほつえ》に
黐《もち》引《ひ》き懸《か》け　中《なか》つ枝《え》に　斑鳩《いかるが》懸《か》け　下枝《しづえ》に　比米を懸け　汝が母を　取らくを知

らに　汝が父を　取らくを知らに　いそばひ居るよ　斑鳩とひめと（十三―3239）

イカルとヒメは共に雀目のアトリ科で、近縁種類であり、形、大きさ（イカルやや大きい）も、習性も非常によく似ていて、主として山中に住み、大木に留まって冬に群棲するので、一緒にして扱われたものと思う。後半の個所については、歴史的事件を絡ませて解釈する興味深い見解もあるが、ここでは主として前半について解釈すれば、木の枝に黐をつけ、小鳥を囮《おとり》にして鳥の捕獲を行った当時の状況を述べているに過ぎないことになる。

近江の海には船着場がたくさんある。その島の崎々に植えてある花橘。その橘の枝の上に黐を付け、中枝にイカルを懸け、下枝にシメを懸けて小鳥を誘うのである。この頃は盛んに網や囮や黐を使って小鳥の捕獲をした。イカルやシメが囮の役目を果たしたのは、その鳴き声に誘われて黐にかかったのではないか。冬鳥なので鳴き声が滅多に聞けないらしい。イカルはかなり激しい声を出すという。「キイコ、キコ、キイー」「キ、ー、キコキー」。

4　つばめ（燕）漢名　燕・乙鳥・玄鳥、集中一首

燕《つばめ》来る　時《とき》になりぬと　雁《かり》がねは　本郷《くにしの》思ひつつ　雲隠《くもがく》り鳴《な》く

大伴宿祢家持（十九-4144）

（燕が来る頃になったと、雁が故郷を思いつつ、雲にかくれて鳴いている）

燕が来る頃に、雁が去って行く。燕と雁の交替劇に季節の推移を眺めている。これは「帰る雁を見る歌」でもあるが、集中に燕の歌は、家持のこの一首よりほかにはないから「燕を迎える歌」でもある。また家持は池主への手紙（漢詩）に燕を詠み込んで祝福を願っている。「…来燕《らいえん》は泥《ひぢ》を銜《ふふ》みて宇《いへ》を賀《ほ》きて入り、帰鴻《きこう》は蘆《あし》を引《ひ》きて遥か瀛《おき》に赴く…（十七-3976の序）」。南から来た燕は泥をくわえてこの家を祝福するかのように入り、北への帰雁は葦をくわえて大海の彼方に去っていく。彼は越中に赴任（天平十八年六月二十一日に任命さる）の翌年の春のこと重病にかかった。ようやく危機を脱した彼は旺盛な創作意欲を燃やし、漢詩を交え趣向を凝らした歌文の贈答を大伴池主との間で行った。その七言一首の詩句に燕を詠みこんだのには、とりわけ健康回復

の兆しが見えてきた喜びがあったからではないだろうか。

　ツバメがはるばる南から海を渡って日本に来るのは言うまでもなく、卵を産み雛を育てるためである。巣作りに一週間、数個の卵を産み、抱卵約二週間で雛が孵化し、三週間ばかり巣のなかで親鳥が餌を与える。この間、雌雄ともに朝から日没後三十分ほどまで働き続ける。平均一日に百四十回は雛のために虫を運ぶという研究報告がある。涙ぐましいばかりの親の愛。どうもわが家にもツバメの巣があったらしいのである。六月の初旬のある朝のこと、小鳥の鳴き声が普通ではない。ベランダに出てみると。電線に数羽の小鳥が並んでいる。真っ黒の羽ツバメのようだ。

　燕の夫婦生活は比較的厳格だという観察がある。子育てにも夫婦揃った協力体制のもとでなされるのを見ていても納得される。

燕、別名　つばくらめ

夫婦同居生活は繁殖期の間のみで、冬期、南国にある時は別居生活で、春に日本に来るときは再び揃って来て、巣作りをするのもあると報告されている。とはいえ何しろ渡り鳥のことであり、春秋二回の長旅のこと、途中で暴風雨に出会ったり、猛禽類に襲われたりして、無事に旅を終えることは困難なのである。しかし古巣に帰ってくるのが資料によれば五〇パーセントはあるというが……。

ツバメは世界では百種類ほどもあり、そのうち日本にくるのは普通のツバメに、コシアカツバメ、イワツバメ、ショウドウツバメ、リュウキュウツバメの五種らしい。それぞれの地域によって種類も決まってくる。リュウキュウツバメは沖縄以北には渡来しないので、そのように名づけられている。またツバメの子育てにあやかって安産の信仰が結びついたりする。例えば「竹取物語」の「ツバメ子安貝」は、ツバメの巣のなかにある貝が安産のお守りになる俗信と関係している。とにかくツバメは人々の歓迎をうける小鳥である。

5 きぎし（雉・吉藝志・春雉）漢名 雉・雉子・華虫、集中八首

あしひきの　片山雉《かたやまきぎし》　立《た》ちゆかむ　君《きみ》におくれて　現《うつ》しけめやも

悲別歌、作者年代不明（十二－3210）

（あしひきの片山にいる雉が飛び立ってゆくように、旅立たれる君に残されて、私はどうして正気でおられましょうか）

片山というのは一方が崖になっている山。そこに住むキジが飛び立つように、君は突然に旅立ってしまわれた。後に残されて茫然としている作者。これが正気でいられましょうか、まるで生きた心地がしないと悲嘆にくれている。

万葉時代から雉はキギシともキジとも言われた。キギシはケン、ケーンという甲高い鳴き声に因んで名付けられ、それが詰まってキジとなった。そして一直線に矢の如く飛ぶので雉と書くのだという。キジの繁殖期は春から初夏にかけて地上に凹みを作り、枯草や落葉で巣造りをして十個内外の卵を産み、雌だけで育てる。繁殖期のみ雌雄同居するが、食物の関係もあって大抵は別居。抱卵中の雌キジは特に気が強く、卵

を襲う蛇といえども、つついて撃退するそうだ。

　このように他の鳥に比較して雛を守る本能が強烈なことから「焼野の雉、夜の鶴」と母性の譬えともなった。「蛇食うと聞けば恐ろし雉子の声」という芭蕉の句さえあって、身に巻き付いた蛇を、翼を膨らませて切り裂くという俗説さえある。

　キジの種類は多く、共通して言えることは雄のほうが華やかな装いをしているのに、雌のほうは地味な淡黄褐色で、身形も小さいこと、飛翔力がないので、山麓の雑木林や草原に定住していることなどである。寒さが増すと山の高所や森の奥に引っ込んでしまう。

雉、別名　きぎす

羇旅《たび》の歌一首並びに短歌をさらに取り上げておこう。

海若《わたつみ》は　霊《くす》しきものか　淡路島《あはぢしま》　中に立て置きて　白波《しらなみ》を　伊予《いよ》に廻《めぐ》らし　座待《ゐまち》
月《づき》　明石《あかし》の門《と》ゆは　夕《ゆふ》されば　潮《しほ》を満《み》たしめ　明けされば　潮を干《ひ》しむ　潮騒《しほさゐ》の
波を恐《かしこ》み　淡路島　礒隠《いそかく》りゐて　何時《いつ》しかも　この夜《よ》の明けむと　さもらふに

眠《い》の寝《ね》かてねば　滝の上の　浅野《あさの》の雉《きぎし》　明けぬとし　立ち騒《さわ》くらし　いざ児等《こども》
あへて漕《こ》ぎ出む　にはも静《しづ》けし（三―388）

船旅――淡路島を中に立てて、白浪をめぐらして四国を囲み、明石海峡からは、夕方に潮を満たせ、夜が明ければ潮を引かせる。潮騒の波を恐れ、淡路島の磯に船を寄せて、いつになったら夜が明けようかと、うかがい眠られずにいると、滝の上の浅野の雉が、夜が明けたよ、と立ち騒ぎ鳴いている。さあ、みんな、元気を出して漕ぎだそう。海面も波静かである。

船旅のさわやかな朝が伝わってくる。短歌で船の進路を辿ろう。

島伝ひ敏馬《みぬめ》の崎を漕ぎ廻《み》ればやまと恋《こほ》しく鶴《たづ》さはに鳴く（三―389）

敏馬の崎は神戸の東で、作者は浅野の海岸（野島の西南に北淡町浅野がある。北淡町といえば平成七年七月十七日の阪神大震災で最も大きな被害があった所）から出発して、明石海峡を通って大和に向かっている。作者は若宮年魚麻呂《わかみやのあゆまろ》と記名されてはいても伝未詳。

6 ほととぎす（霍公鳥・保登等藝須）

漢名　時鳥・霍公・子規・蜀魂・不如帰、集中一五六首

古《いにしへ》に　恋《こ》ふらむ鳥《とり》は　霍公鳥《ほととぎす》　けだしや鳴《な》きし　わが念《も》へる如《ごと》

額田王《ぬかたのおほきみ》（二―112）

（昔を恋い慕っているという鳥は、ほととぎすでありましょう。おそらく私が昔を恋い慕っているような気持で鳴いたことでございましょう）

夏の到来を告げる小鳥として最も親しまれているホトトギス。集中にもこの鳥を詠んだ歌が最多数である。その活躍振りは多角的で、文字表現も多様であるが、万葉集において多く使用されているのが「霍公鳥」の文字。ところで霍公鳥は、鳴き声に由来する名称なのでその意味では一見したところ「郭公」との区別は曖昧にしか捉えられない。カッコウも鳥綱ホトトギス目ホトトギス科の大形種で、ホトトギスとカッコウは、鳴き声が異なって、別種となる。

ホトトギスは、ｌｉｔｔｌｅ　ｃｕｃｋｏｏで、カッコウよりやや小さく、鳴き声

は聞き方によって、「ホットントギス」「テッペンカケタカ」と聞こえるそうだ。そこで後には「ときのとり」として「時鳥」の文字が使用される。

万葉後期に圧倒的に多くなるホトトギスの歌が、なぜか初期では主題とはなっていなくて、第一期では一首のみ。上掲の額田王の歌は弓削皇子の贈歌に和《こた》えたもので持統朝の頃である。持統天皇の吉野行幸に従駕した弓削皇子は弓弦葉の御井の上を鳴き渡って行く小鳥に、「古に恋ふる鳥かも」と「懐古」の情を覚えその思いを伝えた。歌を贈られた額田王は「古に恋ふらむ鳥は霍公鳥」なのでしょう、恐らく私と同じように、昔を懐かしんで鳴くのですよと、和したのである。ホトギスの漢名に「蜀魂」がある。蜀王の魂が鳥となって昔を恋うるというものである。弓削皇子の歌も、額田王の歌にも、そのような意味が込められていたように思われる。

霍公鳥、別名　たまむかへどり、夕影鳥、時鳥

鳥綱ホトトギス目のホトトギス科。これに属

する鳥は世界で四二属、一〇〇種が知られる。アジア東部に繁殖し、冬は東南アジアに渡る（動物事典）。日本では夏鳥として五月頃に飛来する。アヤメ、卯の花と組み合わせて歌に詠まれる。時を告げる鳥とすれば「ホトトギスが鳴いたら茶を摘み、麦を刈れ（和歌山県）」というそうだ。ホトトギスとよく似た托卵の習性を持つ呼子鳥に比定されたカッコウも夏鳥で、「カッコウーが鳴いたら豆を蒔け（北海道）」の言葉があるそうだ。

春から夏にかけての花のうつろいは藤の花から菖蒲、卯の花、橘の花となる。その推移を歌によって辿ってみよう。

藤浪の繁《しげ》りは過ぎぬあしひきの山時鳥などか来鳴かぬ（十九ー４２１０）…久米広縄
時鳥鳴く声聞くや卯《う》の花の咲き散る丘《をか》に田葛《くず》引く少女《をとめ》（十ー１９４２）…作者不明
橘のにほへる香かも時鳥鳴く夜の雨にうつろひぬらむ（十七ー３９１６）…大伴家持

7 ぬえどり（奴延鳥・奴要鳥・宿兄鳥） 漢名 鵺、鵼、䳌 集中五首

ひさかたの　天《あま》の河原《かはら》に　ぬえ鳥《どり》の　うら嘆《な》けましつ　すべなきまでに

柿本朝臣人麻呂歌集《かきのもとあそんひとまろかしゅう》（十―1997）

（久方の天の河原で、ぬえ鳥のように織女はしのび嘆いておいでした。何とも仕方がないほどに）

万葉集ではヌエを「奴延」、「奴要」と書く。後には「鵺」、「鵼」の文字を使用するようになる。すると言葉の意味が少し変容してくる。ヌエは夜中に哀調を帯びた声で鳴く。それが不気味さの印象を与えるので、その特徴が強調されて後年、一段と怪物めいてくるのである。

ぬえ鳥は「うら嘆く」「のどよぶ」「片恋する」などの枕詞として使用される。うら嘆くを「うら泣け」（沢瀉）とする説もある。ぬえ鳥の鳴くに合わせて泣くとしていて、女の姿態が微妙に異なってくる。ヌエの鳴き声の哀調からいえば字義通り嘆くのほうが適切ではないか。うら嘆くの「うら」は「心から」という意味を強めるのに実に卓抜した音声である。「のどよぶ」は細々とした力のない声のことで「…飯炊《いひかし》ぐ　こと

別名　よみぢどり、よみつどり
鹿持雅澄著「萬葉集品物図絵」から

も忘れて　鵼鳥《ぬえどり》の　のどよひ居《を》るに…（五－892）」と山上憶良が貧窮問答、第一首の長歌で使用している。この夜鳥の実体が何かについては諸説があり、最も有力なのはトラツグミ。その他にもフクロウ、ミミヅク、ゴイサギなど。トラツグミはヒョーヒョーと喉声を発し、声が悲しげ。上掲の歌は、七夕説話に夜鳥の奇声を重ねて恋の焦燥と嘆きを歌っている。

七夕伝説に因んでは、山上憶良の歌十二首がある。憶良は七夕伝説に身をおき、牽牛、織女を代弁し、物語形式に構成しているがヌエドリはいない。巻十の七夕歌九八首の場合は必ずしも中国伝来の説話に忠実ではなく、むしろ自由な発想が見られる。その中には三八首の『人麻呂歌集』からがあり、二首に、ヌエドリの鳴き声を恋の象徴的表現として扱っている。人麻呂は「明日香皇女の木の瓲《へ》の殯宮《あらきのみや》の時」の挽歌（196）において「…ぬえ鳥の　片恋嬬《つま》…」の語句を入れている。家持は一首の恋歌のなかに。

　このヌエが後には怪物めいてくるので有名なのは、平家物語で源三位頼政が退治したというヌエあたりからである。「頭は猿、軀は狸、尾は蛇、手足は虎の如くにて、鳴く声、鵺《ぬえ》にぞに似たる」と全く架空の怪物の鳴き声を鵺から借用している。

　万葉時代のヌエがこの空想の怪物と異なることは、鹿持雅澄の『萬葉集品物図絵』が示す通りである。奴延子鳥とも呼ばれているがこの場合はむしろ親しみを込めた表現になっている。ただヌエコドリの表現はこの一例のみで、「ぬえこ鳥うらなけ居れば（一－5）」と軍王《いくさおほきみ》が山を見て作る歌となっている。讃岐国《さぬきのくに》安益郡《あやのこほり》（現在香川県綾歌郡東部）への行幸に際して従駕した際の軍王の歌に相違がない。『舒明紀』にその記載がなくて定かではないし、軍王については伝未祥である。日本にフクロウが棲息していたとすれば、奴延子鳥はフクロウだったのではないであろうか。フクロウの特徴は、鼻の両側の円い眼が鳥一般のように離れていない。両眼が正面についているところが人間の顔のようで親しみやすく可愛らしいのである。

8

ぬえこどり（奴延子鳥）　集中一首

霞《かすみ》立《た》つ　長《なが》き春日《はるひ》の　暮《く》れにける　わづきも知《し》らず　村肝《むらきも》の　心《こころ》を痛《いた》み　鵺子《ぬえこ》鳥《どり》　うらなけ居《を》れば…中略…独《ひと》り居《を》る　わが衣手《ころもで》に　朝夕《あさよひ》に　還《かへ》らひぬれば　大夫《ますらを》と　思《おも》へるわれも　草枕《くさまくら》　旅《たび》にしあれば　思《おも》ひやる　たづきを知《し》らに　網《あみ》の浦《うら》の　海処女《あまをとめ》らが　焼《や》く塩《しほ》の　思《おも》ひぞ焼《や》くる　わが下ごころ

軍王《いくさのおほきみ》（一―5）

（霞立つ長い春の日もいつの間にか暮れてしまったとも気づかぬばかりに、胸が痛く、ぬえこどりがむせび鳴くようにため息をついていると、……独り身の私の着物の袖に「吹く風」が朝夕に吹き返る（帰郷）ので立派な男子と思っている私も、草を枕とする旅ゆえに憂いを晴らす術もなく、網の浦のあま少女たちが焼く塩のように、思いのままに燃えてくることよ。わが心の底深くに）

ヌエコドリは夜中に喉声で物悲しげに鳴く鳥ということで、実在の鳥の何れを指すかについては諸説がある。筆頭がトラツグミ、それにサギ類のヨシゴイ、ミゾゴイ、サンカノゴイ、ササゴイ、ゴイサギなど、またオオコノハズク、アオバズク、フクロウまで当てられている。一九九七番歌の解釈で「ぬえ鳥」をすでに扱ったが、「ぬえこ鳥」というのはこの五番歌のみ。とはいえ「子」は親しみを込めた表現であって添字に過ぎないとしても、これによってヌエのもつ怪物じみた印象がやわらげられているのは確かである。

同じく夜鳥のトラツグミ、サギ類に対し、フクロウ、ミミズクの類は形状がやや異なり、鼻の両側にあたかも人間の両眼のような、正面を向いたつぶらな瞳がついている。掲載した写真はたまたま奈良新聞の動物欄で見かけたものを借用させてもらった。

フクロウのヒナ

ヒナだが、産毛のなかの瞳がきれい。それがいかにも聡明な鳥という印象を与える。しかもかわいい顔をしているからヌエコドリというのはフクロウの呼び名にふさわしいと勝手な想像をしてみる。たとえヌエとはヒヨー、ヒヨーという悲しげな鳴き声に由来する呼び名であるにしてもである。

上掲歌の作者の軍王は、伝未詳ながら、出自に諸説がある。一説によれば、およそのところは一微官で、何か官命を帯びて、国庁のあった讃岐安益郡《あや》（香川県綾歌郡）に単身で赴き、やや長期の滞在を余儀なくされた者と推定される。長歌の詠嘆は「大夫と思えるわれ」の単なる郷愁ともいうべき、大和にいる妻恋しさの、ひたすらなる思いである。夜半に聞くヌエコドリの啼き声によって寂寥感が一層に心の底に深まるという。ヌエコドリが鳴くのだから、かなり山奥の地方赴任である。反歌一首がある。

山越《こ》しの風を時じみ寝《ぬ》る夜《よ》おちず家なる妹を懸《か》けて偲《しの》ひつ（一―6）

山越しに吹いてくる風が絶えないので、夜は毎夜眠ることができます、家にいる妻のことばかり思っていると、長歌の詠嘆をくりかえしている。それにしても相当に風の激しいところらしい。

9 うづら（鶉） 漢名 鶉、〈集中七首〉

天《あめ》なるや　神楽良《ささら》の小野《をの》に　茅草《ちがや》刈《か》り　草《かや》刈《か》りばかに　鶉《うづら》を立つも

作者不明（十六－3887）

（天上にある神楽良の小野で茅草を刈っていて、その刈っているところで、突然鶉が飛び立って、驚きおそれたことよ）

ウヅラといえば、夏の味覚、ザルソバの付け汁に浮かぶ卵によって人々には馴染み深い。卵から想像しても、親鳥はかわいい小鳥のはず。にもかかわらずこの歌は「怕《おそろ》しき物の歌三首」のなかの一首となっているのが奇妙である。契沖『代庄記』にも「目録に、ものにおそるると読たれど、おそろしき物の哥《うた》と読むべきにや」と疑問をなげかけている。

後にも議論が絶えず、結局、恐ろしいのは「物」ではなく、場所に関係があるのだろうということのようだ。天上にあると思われるような神楽良の小野で茅草を刈っている。そこで突然鶉が飛び立って驚きおそれたことよ、即ちこれは死者を葬《ほうむ》るための、

鶉、別名　うづらとり

人気のない寂しい場所でのこと。茅草を刈るのは「葬《はぶ》り」のための喪屋を葺《ふ》く素材にするためであろう。死者についての観念のなかには生者を誘いにくるという意味もあったようだ。だからおそろしいということなのであろう。

大急ぎでこわごわと茅草を刈っていて、神経が過敏になっているとき、不意にウズラが草むらから羽音をバタつかせて飛び立ったので思わず肝を冷やした。とすればこれはやはり「もの」に驚いたことになるが、特殊な場所を前提条件としていて、おそろしいという気分が先行し、おそろしとおびえるから、わずかな事にもおそろしくなるという歌なのである。あとの二首もとりあげておこう。

奥《おき》つ国《くに》領《うしは》く君が塗屋《ぬりや》形《かた》黄塗《きぬり》の屋形神が門渡《とわた》る（十六―3888）

遠い沖の国を支配しておられる君が乗っている塗屋形の船、黄色にぬった屋形船が神霊のやどる恐ろしい海峡を渡っていくというのである。沖つ国は、死者の行く国、黄泉の国を言うのであって、黄塗にぬった屋形舟で、恐ろしい海神の住むという海峡を渡っていくという。死者への畏怖は古代人も現代の人も変わらないようだ。

人魂《ひとだま》のさ青《を》なる君がただ独り逢《あ》へりし雨夜《あまよ》の葬《はぶ》りをそ思《おも》ふ（十六―3889）

人魂となって青く光っているあなたと、ただ一人で逢った雨の夜のことを思いますよ、という気味の悪い歌。このような歌は万葉ではめずらしい。ウズラは万葉時代にはいたるところの原野の雑草や田畑の中に沢山いたようだ。本州の中部に十月頃から多数の群れをなして渡来し翌年の四、五月頃に再び北の方に帰っていく。万葉時代には雉とともに代表的な狩猟鳥で、鶉雉と書いてトリと読ませている。例えば「…朝猟に　鹿猪ふみ起こし　暮猟に　鶉雉《とり》ふみ立て…（三―478）」、とある。

10 はつかり（初雁）集中一首

九月《ながつき》の　その初雁《はつかり》の　使《つかひ》にも　思《おも》ふ心《こころ》は　聞《きこ》え来《こ》ぬかも

遠江守桜井王《とほたふみのかみさくらゐのおほきみ》（八―1614）

（九月になると姿をみせる雁を使いとしてでも、私のお慕い申し上げる気持は、天皇のお耳に届かないものだろうか。）

桜井王は高安王と共に長親王の孫にあたる。これは遠江の国守であった王が聖武天皇に奉った歌で、九月になって鳴いて渡ってくる初雁の使いによってでも、敬慕のころが天皇のお耳に届かないものかなあと、帰京へのかすかな期待を寄せている。漢の武帝の使者として匈奴に入った蘇武が、捕らわれの身となり、雁に書信を託して送ったというこの故事から玉梓を運ぶ鳥という観念が生まれ、それを踏まえ、歌に託して自己の意志を表明している。

桜井王が遠江守に任官したことは『続紀』の記録には漏れていたほどではるか以前の事である。天平十六年二月に「大蔵卿従四位下大原真人」を授かり、大伴牛養、穂積老と共に恭仁宮の留守役を務めている者だから、初雁の使者が功を奏したのかも知れない。

雁の歌は集中に六五首。ホトトギスに次いで多い。秋の到来を告げる「初雁」、雁の鳴声に由来する「雁音《かりがね》」、もとからの「故雁《こがん》」、春に北国へ帰る「帰鴻《きこう》」、もしくは「鴻雁《こうがん》」など状況によって異なった呼名を持つ。鴻の文字は白鳥、大白鳥にも用いられるので、歌意によって識別しなくてはならない。

素朴な雁の歌を紹介すれば、

秋風に大和へ越ゆる雁がねはいや遠ざか
る雲がくりつつ（十―2128）

雁を詠める歌で作者年代不明。秋の風景が素直に想像される。秋風は冷たく雁と共に大和へ向かって旅をする人かも知れない。

初　雁

今朝《けさ》の朝明《け》秋風寒し遠つ人雁《かり》が来鳴かむ時近みかも（十七―3947）

天平十八年八月七日、即ち陽暦の八月三一日夜に、越中守となった大伴家持の官舎に集まって宴をした時に詠んだ一首で、家持自身の作である。遠つ人は雁の枕詞で、秋風が立ちはじめ、カリの来る秋の訪れも間近だというが、月夜に編隊を組んでカリが飛ぶ風情は江戸時代迄はあったのだ。先導するのは経験ある親分鳥であろうか。

ぬばたまの夜渡る雁はおほほしく幾夜《いくよ》を経《へ》てか己《おの》が名を告《の》る（十―2139）

夜中に大空を渡る雁は、どうしてカリカリと自分の名を幾夜も名乗って飛んでいくのか。作者年代不明。「おほほしく」の万葉仮名は「欝」で、ぼんやりした様子を表わす。雁は自分が頼りないのでカリカリと自分の名を幾夜も告げながら飛んでいくのだと、作者は雁の鳴く情景をこのように解釈して雁に呼びかける。とにかく万葉時代には幾夜も続けて雁の編隊飛行を見ることができたようだ。

11　かりがね（雁音・鴈音・鴈之鳴・鴈哭）　漢名　雁・陽鳥、集中三七首

秋《あき》の田《た》の　穂田《ほだ》を雁《かり》が音《ね》　闇《くら》けくに　夜《よ》のほどろにも　鳴《な》き渡るかも

聖武天皇（八―1539）

（秋の稲穂の出た田を、雁は、まだ暗い、夜の明け方にも鳴き渡っていくことよ）

「秋の田の穂田」の「刈り」をもって「カリ」に呼びかけ、夜の明け方に鳴き渡るカリが詠まれている。

「夜のほどろ」という言葉は集中に三例（754、753）あるのみで夜の明け方の意味として使用されているけれど、その由来には諸説があって難しい。「しののめのホカラホカラと明けてゆく」（仙覚）、「暁がたうすうすと明るい時」（宣長）、その他微細な研究がされていて、捉えどころのない、ほのかな言葉の膨らみがある。それはホドク、ホドコスの広がりからくる擬声語（沢潟）であって、夜が散じてやがて明るくなることらしく、古代人の動的な言語感覚の動きを理解するには適切な表現ということになる。

「天皇御製歌二首」の題詞が紀州本にはなく、次の歌の前に置かれて一首となっていることから、これは集中で前掲の「秋の七草（1538）の歌」の山上憶良の作とも言われた。その後『私注』にて「この歌の姿も憶良のものではない」と注釈されて、二首を同一作者と見做す説が有力となるのである。続く次の歌も雁が音が詠まれている。

雁　音

今朝の朝明《あさけ》雁が音寒く聞きしなへ野辺の浅茅《あさぢ》そ色づきにける（八―1540）

同じく夜の明け方の歌。浅茅とはチガヤの低くまばらに生えたもので、一面に広がる「浅茅が原」の紅葉に秋の気配が深く忍び寄っている。とりわけ寒さを覚えた夜明けに、雁の鳴く声に誘われて目覚めた天皇は、秋の紅葉に深く心を動かされたにちがいない。

そもそも聖武天皇が繊細な神経の所有者であったことは正倉院に保存されている筆跡からもうかがい知ることができる。几帳面に一行の文字数を揃えて、丹念に一字一字書かれているのは驚くばかりである。天皇は「雁が音」をどのようにお聞き取りになったことか。

さて、「初雁」の項で桜井王の歌を取り上げた。この歌に続く、「天皇の賜える報知《みこたえ》の御歌一首」をここで取り上げておこう。

大《おほ》の浦《うら》のその長浜に寄する波寛《ゆた》けく君を思ふこの頃（八―1615）

天皇はいうまでもなく聖武帝のこと。注記があって「大の浦は遠江国の海浜の名なり」とある。大の浦の長々とした浜辺に寄せる波のように大らかに、頼もしく君のことを考えるこのごろですよ。これが天皇による報知、すなわち「雁が音」の便りなのである。題詞に天皇とだけ記されているからといっていささかの疑問もない。『新拾遺集（八）』によれば、初句「をふの浦の」に続く、第三、四句に「寄る波のゆたにぞ君を」とあって聖武天皇御製と銘記されて（沢瀉）いるということである。

12

かり（雁・加里・可里）漢名　雁・鴈・陽鳥、集中六六首

朝霧《あさきり》の　たなびく田居《たゐ》に　鳴《な》く雁《かり》を　留《とど》み得《え》むかも　吾《わ》が屋戸《やど》の萩《はぎ》

藤原皇后《ふじはらおほきさき》（十九―4224）

（朝霧がたなびいている田で鳴く雁を、留めることができるであろうか。わが家の萩は）

カリはガンの転称とも、かりの鳴声に由来するとも言われる。

光明皇后の、吉野の宮に幸せる時の御歌である。作歌年月は未詳で、十月五日に、河辺朝臣東人が伝へ誦むとしかいふ、の説明がある。東人は山上憶良が重病の時、藤原八束の使として見舞い、憶良の辞世の歌を伝えたり、光明皇后の宮においてなされた維摩講の仏前唱歌で歌子《うたびと》を務めたことが巻八の一五九四番歌の左注にある。これらから藤原氏に属していた人物と推定される。

カリといえば空を飛ぶイメージが強いのに朝霧のたなびく田居に鳴くカリという身近さが万葉時代にはあったことに驚く。ただしカリが来て、盛んに鳴き渡る頃、季節的には萩の花は散りはじめていて、萩は本来カリとは縁の少ないものとせられてきた。

それが美しく咲き乱れる萩の花も、鳴き渡るカリを引き留めることはできないのかと言う。おそらく吉野では萩の咲くのが季節的に遅れていたからではないだろうか。季節的にはズレのある萩の花が咲き乱れ、雁が鳴くのを聞いた同時性の珍しさが、この歌にはある。雁の到来する前に萩の花は散ってしまう。その雁もやがて北に飛び去ってしまう。かくも美しい萩の花といえども、雁を引き止めることはできないであろうかと、季節の推移に寄せる感慨が込められている。

「藤皇后の天皇に奉れる御歌一首」をここに併せておこう。（帝の不在をひそかに許える皇后）

わが背子と二人見ませば幾許《いくばく》かこの降る雪の嬉しからまし（八―1658）

萩の花と競うようにして鳴き渡る雁の音に誘われて、風流の士は高円に集まった。

雁、別名　かり、かりがね

天雲に雁そ鳴くなる高円《たかまと》の萩の下葉《したば》はもみち敢へむかも（二十―4296）

右の一首は中臣清麻呂朝臣《なかとみのきよまろあそん》の作。天平勝宝五年八月十二日に二、三の大夫等、それぞれにつぼ酒を提げて高円の野に登り、いささか所心を述べて歌を作る三首で、なかなかに風雅な趣がある。もう一首は大伴池主、他は大伴家持の一首。新暦で言えば九月十七日のこと、まだ萩の花盛りであって、萩の下葉が紅葉するのには間があるけれど、カリが鳴くようになれば、萩の花の季節もほどなく過ぎてしまうことだろうと花を惜しむ。清麻呂はこの翌年の天平勝宝六年七月に左中弁、やがて右大臣になるがあまり目立ってはいない。

雁の歌はほととぎすに次いで六六首。それは「雁が音」を合わせた数値で、加えて「初雁」「故雁（815の序）」「帰鴻（3976の序）」を含んでいる。初雁は上掲で扱った。他の故雁については「梅花の歌三十二首の序文」のなかに使用されている。新春を祝して「庭には新蝶舞ひ、空には故雁帰る」とある。「帰鴻」は家持が池主へ贈る歌の序文に続く漢詩の文言に入れ、春の「来燕」に対して、「帰鴻は蘆を引きて遥かに瀛《おき》に向かう」と季節の交替の象徴としている。

13
かりがね（雁音・雁之鳴）漢名　雁・陽鳥、集中三七首

今朝《けさ》の朝明《あさけ》　雁《かり》が音《ね》聞《き》きつ　春日山《かすがやま》　黄葉《もみち》にけらし　わが情《こころ》痛《いた》し
穂積皇子《ほづみのみこ》（八－1513）

（今朝の朝明けに雁の声を聞いたよ。春日山は黄葉したことであろう。私の心は痛む思いである）

「かりがね」の本来の意味は雁の鳴き声を言ったものである。その鳴き声に音の文字を当てるようになったのは後のことであって、右の歌も万葉仮名としては「雁之鳴」となっている。「雁がね」も「鶴がね」と同じように単に雁のこともいうようになった（沢瀉）。鳴き声から雁の飛来の季節を知るのも、大空に飛ぶ雁そのものから雁の飛来の季節を知るのも同じようなものだからであろう。

秋風に山吹の瀬の響《な》るなへに天雲《あまくも》翔《か》ける雁《かり》に逢《あ》へるかも（九－1700）

「山吹の瀬」に諸説がある。「秋風が山を吹く実景」とする。あるいは「山吹の瀬」

雁音

を宇治にある地名とする。というのはこの歌は、柿本朝臣人麻呂歌集のなかにあって、「宇治川にして作れる歌二首」に含まれているからである。

穂積皇子は早朝の、夜が明けたばかりの頃、あるいは雁の鳴く声で目覚めたのかもしれない。春日山の紅葉を思い、晩秋の風の冷たさに身体を屈めながら、過ぎた日のことが脳裏をかすめる。結句の「わが情痛し」は何を意味するのであるか。万葉人の多くが、秋を明朗清澄な季節として楽しんでいるのに、「この作者は極めて感傷的に悲哀の情（沢瀉）」を述べているのは、やはり但馬皇女とのロマンが背景になって、穂積皇子の心情をしめやかにしているように思われてならない。皇子の歌に続いて「但馬皇女の御歌一首」がある。異説（子部王の作）もあるが受け入れ難い。

言繁《ことしげ》き里に住まずは今朝《けさ》鳴《な》きし雁に副《たぐ》ひて去《い》なましものを（八―1515）

噂のうるさい里に住んでいないで、今朝鳴いていた雁と共にここを去ってしまいたいものを。但馬皇女は高市皇子の薨（696）後は遺児の鈴鹿王と河内王女の母として和銅元年（708）まで生存していた藤原京時代の人。だが皇女の雁の歌が密かに穂積皇子に贈られたものであったら、皇子は雁の鳴く声を聞いて、今は亡き皇女への追憶の感情を抱いていたかもしれない。皇子の歌は春日山の黄葉を詠んでいるかぎり、平城京遷都後の歌と考えられる。平城京内の邸宅にいながら明け方の雁の音の悲しげなのに誘い込まれて、心が痛んだのではないか。穂積皇子は天武天皇第五皇子、慶雲二年（705）知太政官事という要職につき老境にあっても詩情を失ってはいなかった。

上掲の歌は二句、四句、結句で、「聞きつ」「けらし」「痛し」と三個所で切れ、初句と三句は名詞であるから、五句のすべてが切れている特異な句法で変化がある。さらに、初句と結句の字余りによって力強い格調をなすと評価されている。

雁がねの來鳴きしなへに韓衣《からころも》立田《たつた》の山はもみち始《そ》めたり（十―2194）

作者不明（黄葉を詠む）

14

あきさ（秋沙）漢名　秋沙・秋早鴨、集中一首

山《やま》の際《ま》に　渡《わた》る秋沙《あきさ》の　ゆきて居《ゐ》む　その川《かは》の瀬《せ》に　波《なみ》たつなゆめ

作者年代不明（七－１１２２）

（山の間を飛んで渡って行く秋沙が、降りて休むところの川の瀬。その川の瀬に、波よ立つなよ。絶対にだよ。）

アキサはアイサの古名で雁鴨類。体形は鴨に似ているが、嘴が細長く、鋸歯状になっていて、小魚、小甲殻類を捕食するのに便利である。秋になって、逸早く飛んで来るのでアキサと呼ばれた。山の間をアキサが飛び行くのを見れば、早くも秋の気配を覚える。長い旅をしながらやって来た渡り鳥たち。山あいの河の瀬に降りてしばし翼を休めるであろう。「行きて居むその河の瀬」を思う。どうか流れの速い河の瀬よ、波を荒立てないで、静かに鳥たちを迎えておくれ、と遠来の客に寄せる作者の心がうかがえる。

巻七は雑歌・譬喩歌・挽歌の三部から成っていて、アキサの歌は雑歌に属する。そ

の前半を占める六二首は、詠物歌をテーマとし、天を詠み、月を詠み……倭琴を詠めるにいたる。すなわち天に始まって月、雲、雨、山、岳、河、露、花、葉、苔、草、鳥などと天と地にわたる自然を雄大に歌う。ここでは鳥の歌も大いなる自然の営みの中に溶け込んだ風景と化している。次の「思故郷」からはやや趣が異なることに注目したい。故郷を思って――、

秋沙、別名　あいさがも、うかも、うあいさ

清き瀬に千鳥妻呼び山の際《ま》に霞立つらむ甘《かむ》
南備《なび》の里（七―1125）

年月もいまだ経《へ》なくに明日香川瀬瀬《せせ》ゆ渡し
し石橋《いははし》も無し（七―1126）

都が奈良に移った後に飛鳥の里を思って詠んでいる。清らかな川瀬で千鳥が妻を呼び、山の間には霞が立っていることが偲ばれてならない。なつかしい甘南備の里よ。年月はそれほども経っ

ていないのに、あちこちの瀬に渡してあった飛石ももう無くなっていることだ、と言っている。次には井を詠みて——、

落ちたぎつ 走井《はしりゐ》の水の清くあれば廢《す》ててはわれは去《ゆ》きかてぬかも（七—1127）
馬酔木なす栄えし君が堀りし井の石井《いはゐ》の水は飲めど飽かぬかも（七—1128）

走井の水（湧き出て流れる泉）や、君が掘った石井の水を捨てては去り難い。この一連の歌群の最後が倭琴を詠む、とある。

琴取れば嘆き先立つけだしくも琴の下樋《したひ》に嬬や隠《こも》れる（七—1129）

この嘆きの声からして、亡妻を偲ぶ歌であろうか。天と地の雄大な歌に対し、世の移り変わりの歌にはどこか悲しい響きがある。巻七の雑歌は「天・地・人」の構成をなしている。主要作家は、柿本人麻呂歌集、古集・古歌集からと、無名作家が多い。

15 すがどり（菅鳥）清鳥の意、「をしどり」に同じ、集中一首

白真弓《しらまゆみ》　斐太《ひだ》の細江《ほそえ》の　菅鳥《すがとり》の　妹《いも》に恋《こ》ふれか　眠《い》を寝《ね》かねつる

作者未詳・寄物陳思（十二―3092）

（白真弓の斐太の細江の菅鳥のように、妻を恋しく思うからだろうか、私は眠ることができなかったよ）

白真弓斐太の細江とは何処なのだろうか。

弓を「引く」ということで、白真弓を斐太の枕詞として連続させることについて、古代語の音声上の類別から生ずる難点を考慮するならば、単純に白真弓を斐太の枕詞として片付けてしまうことはできないと言われる。白真弓は、弓に関連して、張る、引く、射るの枕詞になるが、引くのヒは甲類の発音で、斐太のヒは乙類なので音声上から白真弓が斐太にかかるということができなくなる。

ところで「真弓の岡」が近鉄橿原線の飛鳥駅の西側にあり、また橿原市に飛驒の地名のあることが紹介されていた。現在の地図に載っていないので、この点を総合的に考えると、「白真弓斐太」は、場所柄にちなんだ連続性をもつものと解釈できそうで

ある。飛騨には飛鳥川が流れていて、これを少しのぼれば、南淵川と細川川の二つに流れが分かれてくる。細江とは、飛鳥川のことなのかもしれない。

この歌の問題は、地名を確定することと、正体不明の菅鳥はどのような鳥かを明らかにすることであろう。字義からすれば菅鳥は、清鳥の借字で清浄たる鳥、美しい鳥を意味する。鳥に託して優雅な女性を想い描いている。契沖は、「斐太の細江に住む菅鳥の、妻を恋いしがってなくように、われも妹を恋うればにや、泣き明かして、いねかつる」という。そうとすれば、この菅鳥はとても夫婦仲の好い鳥であるにちがいない。これまでに菅鳥の歌から推定されてきたのは、ヨシキリ、チドリ、カッコウ、ツツドリ、オシドリなど。鳥たちが鳴くのは、いうまでもなく恋の相手を誘う呼びかけにほかならない。

菅鳥

チドリ「キッー、キリッ」

カッコウ「カッコウー、カッコウー」
ツツドリ「ポポポポポポ」
オシドリ「クク、コーコ、クク、コーコ」
ヨシキリ「ギョッ、ギョッシ」
「歌意を按ずるに、上に細江とあれば水鳥なるべし。下に妹に恋ふるとあれば、姿よき美形の鳥なるべし。水鳥の美形なるものを喩えふるなし。されば菅鳥は上の鴛鴦を一物となすを可とせむのみ（萬葉動植正名）」とあるようにスガドリをオシドリと見倣す研究者は多い。地名に関して滋賀県愛智郡の肥田とする説もあって定かではない。

16 すどり（渚鳥）〈集中五首〉

大海《おほうみ》の　荒磯《ありそ》の渚鳥《すどり》　朝《あさ》な朝《あさ》な　見《み》まく欲《ほ》しきを　見《み》えぬ君《きみ》かも

作者年代不明・寄物陳思（十一－２８０１）

（大海の荒磯の渚に遊ぶ鳥たちのように、毎朝毎朝見たいと思うのに見ることのできない君であることよ）

大海の荒磯のスドリ。

スドリという名称の鳥がいる訳ではない。海辺に集まってくる種々の鳥たちに与えられている総称である。大海原を飛翔しながら餌と憩いを求めて州にやってくる群鳥のことである。海岸に常住しているのがイソヒヨドリにトビやカラス、またクロサギ。夏になればササゴイやカモメ、そしてウミネコ。冬にはマガモやクロガモが岩の上で休み、ハクセキレイ、セグロセキレイ、イソシギ、ハマシギなどが走る。

「みさご居る沖つ荒磯に寄する波」（十一－２７３９）のように「ミサゴいる荒磯」となって、荒磯にいるのはミサゴであるとして『萬葉古今動植名』ではミサゴ、一名スドリとしている。しかし、東光治説のごとくスドリは群鳥であって、特定されない。

〈後世ではスドリはミサゴの異名となる〉。万葉の「荒磯のスドリ」は留鳥に混じって季節の渡り鳥たちも一緒になって浜辺に遊ぶ光景が展望される。鳥たちはきわめて自然に恋をかたり、ライバルをめぐって格闘を始める。またテリトリーを主張して激しく闘争する。この愛と生存をめぐるドラマの展開を見つめるところの観客は、ただひとりの、待人来たらずに、苛立ちをおぼえ、孤独に打ちひしがれそうなのを、静かに耐えている作者である。鳥たちの賑わいに慰められながら——。

すどり・浜すどり

荒磯にあるのは近代的高層建築やビーチパラソルではなく、荒々しい波しぶきに洗われて光る岩の肌、そして打ち寄せられた海藻。砂の中に隠れて危険を避けている貝の仲間たち。鳥たちは朝な朝なに餌を求めてやってくる。作者は毎朝のように、君を見まく欲しと期待をこめて荒磯にやってくる。明朝も鳥たちの鳴き声に誘われるかのようにして浜辺に立つことであろう。
スドリの歌は他に四首あり、また浜渚鳥の歌もある。

人の児のかなしけ時《しだ》は浜渚鳥《はますどり》足悩《あなゆ》む駒の惜《を》しけくもなし（十四―3533）

人の児はまだ妹とは呼べないような間柄の娘のこと。人の娘が恋しい時（逢いに行く）には、浜渚鳥の足どりがあぶなつかしいように歩き悩んでいる馬のことも、かわいそうだとは思わないほどだ。スドリのなかには足もとがよろめくもの、即ちチドリも混じっていたのではないか。人の足でも浜砂の上は歩き難い。砂浜に足をとられ、歩を進めるのに苦労をしている馬の様子が目に映る。

17 しながどり（志長鳥・四長鳥・水長鳥） 集中四首

しなが鳥《どり》　猪名野《ゐなの》を来《く》れば　有間山《ありまやま》　夕霧立《ゆふぎりた》ちぬ　宿《やどり》は無くて

作者不明（七―1140）

（しなが鳥が飛ぶ猪名野まで来ると、早や有間山には夕霧が立っている。今宵宿とるところもなくして）

シナガドリについて諸説があるが、尻長鳥の意味からして、尾長鴨（オナガガモ）だという説が有力である。さらにアマツバメ、ミサゴ、カモメ、アトリなどの諸説（東光治）がある。いずれにしても集中では猪名及び安房の枕詞として用いられているにすぎない。

猪名野は、今の大阪市と尼崎市との境をなす神崎川の上流が猪名川であるが、このあたりの両岸に広がる平野であったのだろうか（伊丹市の周辺）。旅の人はそこから有間山を望むと、既に夕霧が立ちはじめ、泊まるべき宿もないと、困惑しながらも、暮色に心を奪われている。川面には水鳥の群れが浮かんでいたかもしれない。

猪名山の麓に流れる猪名川の、その水の音の響きほどに評判は立てられても、それだけで会うことのない隠れ妻なのですよ、と言っている。

しなが鳥猪名山《いなやま》響《とよ》に行く水の名のみ縁《よ》さえし籠妻《こもりづま》はも（十一―2708）

大海に嵐なふきそしなが鳥猪名の湊に舟泊《は》つるまで（七―1189）

猪名の湊ということはこのあたりまで海岸線がのびていたのか。また安房の地名を詠み込んだ一首、「しなが鳥　安房につぎたる　梓弓　周淮の珠名は（九―1738）」とある。（珠名物語は「すがる考」参照）

しなが鳥を安房の枕詞にしたのは、息長鳥の意味で「人生の長生きは声を立てて鳴呼というようによって、あの一言に続けしなるべし（冠辞考）」というが、この解釈は稲名の地名には適合していないことになる。

今では上總は下總と安房とを合わせ

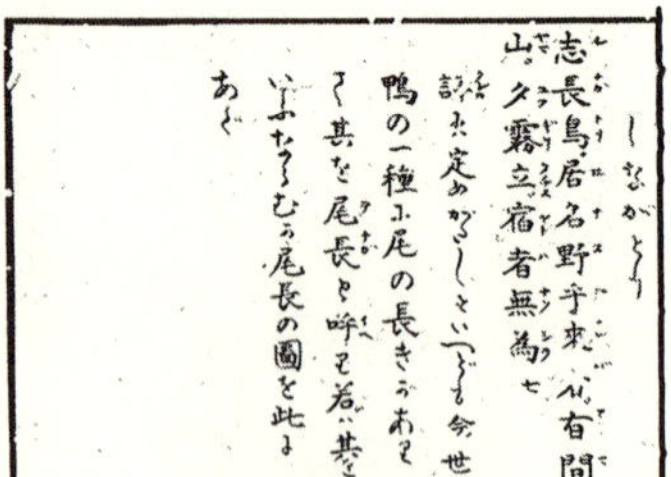

鹿持雅澄著「萬葉集品物図絵」から

て千葉県となっている。

オナガガモは尖った尾を逆立てて、水面に顔を突っ込む。ここで今の世におけるオナガガモの話題を一つ拾っておきたいと思う。

数年前に、話題をさらったのが、不忍池での矢負いのオナガガモ事件。誰かの悪質な悪戯のためである。カモは矢を付けたまま逃げ回るので救出作業員を困らせていた。戦場で味方の勝利の知らせを受け取るまで、矢を肉体に突き刺したまま耐えたという健気なギリシア兵の昔話—なぜなら矢を抜けば死ぬから—を思い出したりして、カモの泳ぎまわるのが健気に見えて、ひそかに応援していた。しかし、カモのほうは救出の人間の好意が分からず逃げまわっているのだから、どうしようもない。こうなると人間のほうもあきらめずに八方手を尽くして救出作業に当たった。その甲斐あって、まもなく不忍池で矢カモは救出され、矢が比較的簡単に抜き取られ、傷から回復した。カモは元気に飛び立った。か弱いながらの鳥の生命力と運の強さに驚かされた。この救出事件について哲学者の言葉をかりていえば、事柄の大小を問わず、その事柄にいかに関わるかという態度が重要なのだ、ということになろうか。事態は小さくとも、善意が快く結集し小さな命が救われたところが人々の素直な共感を呼んだ。

18 みさご（美沙・水沙兒・三佐呉・三沙呉） 漢名 鶚、集中七首

みさごゐる　磯廻《いそみ》に生《お》ふる　名乗藻《なのりそ》の　名《な》は告《の》らしてよ　親《おや》は知《し》るとも
山部宿祢赤人《やまべのすくねあかひと》（三―362）

（みさごがいる磯のほとりに生えている名乗藻の、その名のように名をおっしゃいよ。親が知るようなことになろうとも）

ワシタカ目、ワシタカ科の猛禽類。形はワシやタカと似ていて、海辺を飛ぶ時にはトビと見間違うほど、トビに似ているらしい。

ミサゴの名は、水さぐるに由来するので、水面を低空飛翔して生魚を巧みにつかみ取る。その技のすばやく見事なのは驚くばかりという。水面で捕らえた魚は、飛びながら嘴でうまく食べることもあるが、時に海岸の岩陰のくぼみに運んだり、あるいは枯枝を巣のように組んで、その中へ積み重ねて保管しておく。それが魚の干物となり、潮の波に洗われて適当に塩味がつき、酸味がややあって美味なのだそうだ。これをミサゴズシと称すると古書には紹介されている。但し、干魚を盗み出すとき、上積みの

を取れば警戒して場所を変えてしまうので、下から抜き取るようにしなくてはならないということである。

上掲の歌の「なのりそ」は今では「ほんだはら」という海藻で、この句までが「名はのらし」の序詞になっている。磯のほとりに生えているなのりそ。その名のように名をおっしゃいと、赤人が詠めば、いかにも何か思惑がありそうに聞こえる。だがこれは、山部赤人六首の歌のうちにあって、海辺の風景を詠む他の歌との関連で言えば深い意味がある訳ではない。ただ浜辺にいる娘子が目に留まった。そこで「磯のめぐりの実景をそのまま序として、即興的に詠んだ(評釈)」ので、実際に娘に呼びかけたのではないといえよう。この磯廻りには六首の歌が詠まれていて、その点からすれば地名は、「武庫の浦」か「阿部島の鵜の住む磯」となる。

美沙、別名　うをたか、すどり

武庫の浦をこぎみる小舟《をぶね》粟島《あはしま》をそがひに見つつともしき小舟（三―358）

阿倍の島鵜の住む礒《いそ》に寄する波間なくこのころ大和し思ほゆ（三―359）

武庫の浦を漕ぎ行く小舟が淡路島を背にして大和に向かって漕いで行くのが羨ましいと、旅先でわが家を思う歌。武庫川は今は西宮市と尼崎市との境をなし、河口は陸地になっているが、昔は海中だったので、河口は遥か西北にあった。『播磨国風土記』によれば加古郡の条に阿閇津、阿閇村があり、カコノミナト、カコノシマと言った（私注）と、武庫の浦と阿倍の磯の関連が推定されている。阿倍について地名辞典では大阪住吉の阿倍野が当てられている。ともあれ昔の航路は、住吉、武庫、駿馬（神戸港東）となっていた。この点からすれば、阿倍島の歌は旅の帰路になろうか。赤人は船旅の途中に浜辺の娘子を眺め、大和の妻も恋しくなっていた頃ではないか。後世にはみさごは、『詩経』の関雎《かんすい》によって夫婦仲のよい鳥として提示されることが多い（万葉の歌ことば辞典）。

19 あとり（阿等利） 漢名 獦子鳥・胡雀・花鶏、集中一首

国巡《くにめぐ》る　獦子鳥鴨鳧《あとりかまけり》　行き巡《ゆきめぐ》り　帰り来《かひく》までに　斎《いは》ひて待《ま》たね

刑部虫麻呂《おさかべのむしまろ》（二十―4339）

（国々を巡る獦子鳥や鴨や鳧のように、筑紫へ行って国々を巡って帰って来るまで、身を謹んで待っていておくれよ）

防人の歌である。

刑部虫麻呂は伝未詳。とにかく鳥に興味があったようだ。「獦子鳥鴨鳧」の三禽をならべている。アトリ、カモ、ケリと考えられ、いずれも渡り鳥である。国々を巡って飛び廻わり、季節がくれば再帰する鳥たちのように、筑紫へ行って国々を巡って、帰って来るまで、身を謹んで待っていておくれよと、別れを惜しんで家を出る。

アトリはすずめ目に属する小鳥で、アトリ科がある（動物事典）。アトリと特定される小鳥がいる。しかしアトリ科としては、日本産のものではカワラヒワ、イカル、シメ、マヒワ、マシコ、イスカ、ウソも含まれている。万葉ではどの鳥が指されていた

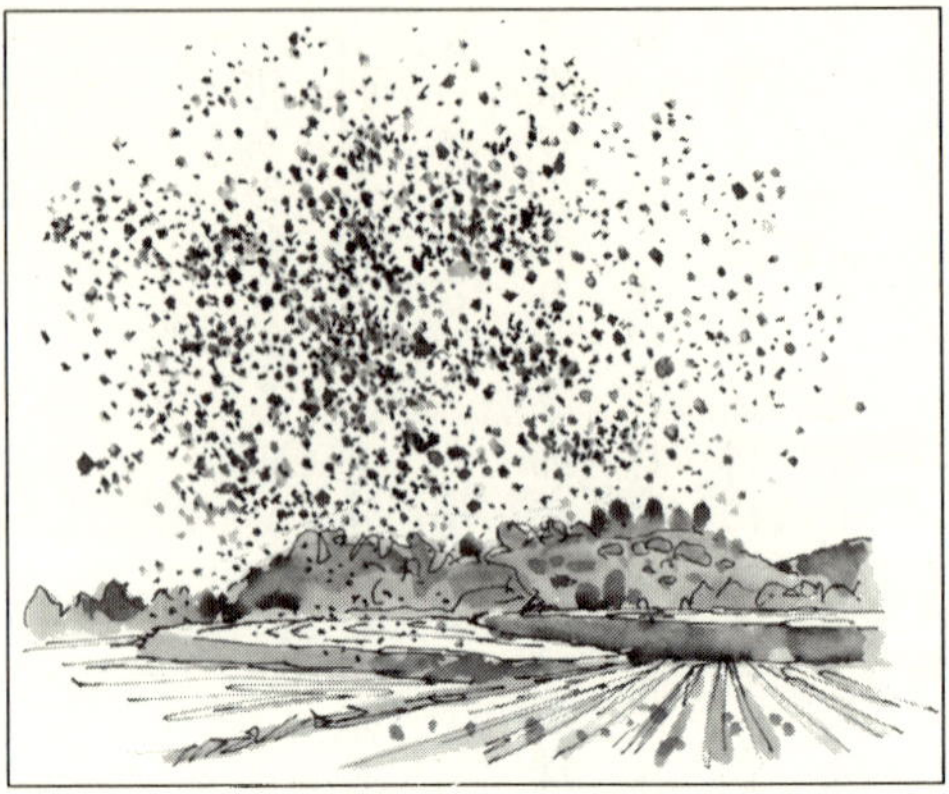

阿等利、別名　あつとり

かは不明であるにしても、とにかく渡り鳥で大群をなしている。外国産ではダーウィンフィンチなどのヒワ類、カナリアが含まれる。日本に冬鳥として渡来するアトリは、シベリアの針葉樹林に繁殖して、十月頃日本海を渡り、富山、石川、福井に大群で押し寄せ、太平洋側に移って越冬する。大きさはスズメぐらいで、雄の頭上部は光沢のある黒色をなし、幼鳥と雌は灰黒色である。渡り鳥の大群が通過するときの様子は、さながらに防人たちが隊をなして派遣されて行くようだという比喩が的中している。大和ではこのような光景を目にすることはできないかも知れないが、今では写真やテレビ映像でよくみかけるので作者の歌意が実感される。カモは大和の巨大古墳の池水にも数百羽が渡って来ていて、羽を休めている風景は壮観である。

さて巻二十には東国から筑紫に向かう防人や、その家族の作った歌が九三首収められている。アトリの歌に次いで二首を取り出す。

父母《とちはは》え斎《いは》ひて待たね筑紫なる水漬《みづ》く白玉取りて来《く》までに（二十―4340）

右の一首は、川原《かはら》虫麻呂のなり。

父母が頭《かしら》かき撫で幸《さ》きく在《あ》れていひし言葉《けとば》ぜ忘れかねつる（二十―4346）

右の一首は、丈部《はせつかべ》稲麻呂《いなまろ》のなり。

このように父母を思う歌はとりわけ防人歌に多い。素朴な愛情を率直に訴えるところがまことに感動的である。

天平勝宝七歳（七五五）二月、防人の交替に際して東国十か国の部領《ことり》使守《つかひのかみ》から兵部使少輔《ひょうぶのしょうふ》大伴宿祢家持に提出された歌は八四首。拙劣と判断された歌は、省かれ、家持の目にかなった歌のみが残ったのである。家持も防人の妻との別れに対する同情歌の長歌と短歌四首を寄せている。

20　をし・をしどり（鴦・乎之）（男為鳥・乎之杼里）

漢名　鴛鴦・紫鴛鴦・黄鴨・渓鴨・文禽・名匠鳥、集中四首

鴛鴦《をし》の住む　君がこの山斎《しま》　今日見れば　馬酔木《あしび》の花も　咲きにけるかも

大監物御方王《だいけんもつみかたのおほきみ》（二十―4511）

（鴛鴦が住むあなたのこのお庭を今日見ると、馬酔木の花も咲いていますことよ）

鴛鴦はガンカモ目ガンカモ科。全長雄四七、雌四〇センチ程と、雌がやや小さい。特徴は雄の後尾の羽が、色も形も銀杏の葉に似ていること。それが垂直に立ち、頭の冠毛と調和して、くちばしも多くの赤味を帯びて、とても美しい。これに対して雌のほうはくちばしにも赤みがなく、羽の色も変化のない灰白色である。雌雄が並ぶと雄の派手な装いが目立ってくるが、このペアは常に寄り添っていて仲むつまじい。鴛鴦＝ヲシといわれるのは「雌雄相愛し《を》」に由来する呼称といわれている。愛らしい呼びかただ。

次のような面白い歌がある。「鹿をさして馬といふ人有りければ、鴨をも鴛鴦と思

ふなりけり」（『拾遺集』藤原忠文〔平安中期〕）。一目瞭然の、鹿を馬というのは、随分と粗忽者であるにはちがいないが、カモとオシドリを比較した場合では、ともにガンカモ科でもあり、万葉人にとってどの程度の区別が意識されていたかは疑わしい。今日、著名なオシドリの群生地は、上野の不忍池、箱根の芦ノ湖、伯耆大山の赤松、長崎の諫早などが紹介されているが、昔はより多くの地で棲息していたと推定される。

上の歌は、庭園の池には鴛鴦が浮かんでいて、今日見れば、池の端に馬酔木の花が咲いているという、のどかな春の情景である。これはまぎれもない宴席歌で、アシビの咲かない以前にも同じ催しがあったことを意味するであろう。「山斎《しま》を屬目《み》て作る歌三首」とあって、他の二首は右中弁《うちゅうべん》大伴宿祢家持と大蔵大輔《おほくらのだいふ》甘南備伊香真人《かむなびのいかごのまひと》の作となっている。両歌ともに「馬酔木の花が見事に咲いていますなあ」というので、風雅なお役人方の儀礼的様子

鴦、別名　かほよどり、すがどり
鹿持雅澄著「萬葉集品物図絵」から

を告げている。

当時、水鳥を浮かべたのには宗教的意義もあったという。鴛鴦は夫婦愛の象徴のような鳥なので妹を恋う歌を二首紹介しておこう。

妹に恋ひ寝ねぬ朝明《あさけ》にをしどりのここゆわたるは妹が使か（十一―2491）

磯のうらに常よび来棲むをしどりの惜しき吾が身は君がまにまに（二十―4505）

まず柿本人麻呂歌集中の寄物陳思歌である。ヲシドリは日中にはあまり平地の池で見かけることがなく、夕方になると平地の池に帰って浮寝をする。朝になれば山の方にとんでゆく。妹に恋焦がれて寝ない明け方に、鴛鴦がここを飛んで渡るのは妹の使いであるか。池の磯辺にいつも来て呼びかわして棲む鴛鴦の名のように惜しい私の身ですが、それもあなたのお心のままに。作者は治部少輔の大原今城真人、女性の名前は不明である。

21

しらたづ（白鶴）集中一首

潮干《しほふ》れば　葦辺《あしべ》に騒《さわ》ぐ　白鶴《しらたづ》の　妻呼《つまよ》ぶ声《こえ》は　宮《みや》もとどろに

田辺福麻呂《たなべのさきまろ》歌集（六―1064）

（潮が引くと葦辺でさわぐ白鶴の、妻を呼ぶ鳴き声は、宮もとどろくばかりに響くことよ）

タヅの歌は四六首ばかりが詠まれている。そのなかで白鶴の歌はこの一首で、葦辺に騒ぐということから「蘆鶴」とされている。この白鶴は一般にはタンチョウといわれ、もしくは万葉時代にはソデクロツルも多かったことからソデクロツルかも知れないのである。ソデクロツルは全体に純白で、頸の前方と顔の部分だけが淡い赤色を呈している。翼の風切りに黒色の部分もあるけれども、羽を閉じれば黒色の部分が隠れて全体が白で被われ、地上を歩くときには白いので、シロツルとも言われている。『代匠記』によってアシタヅと読まれて以後はほとんどが同様の意見になっている。しかしたとえ一例ではあってもシラタズとしておけばよい（東光治）と言う。

長いくびとあしをもってすっくと立つ優美な鶴の姿を動物園の金網の外からではな

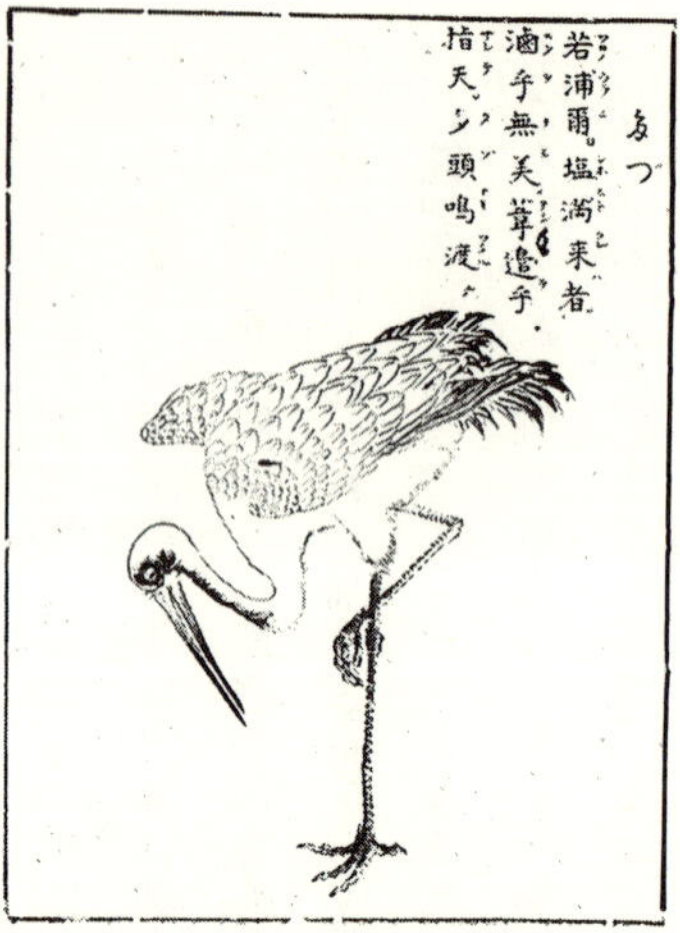

白鶴、別名　あしたづ
鹿持雅澄著「萬葉集品物図絵」から

く、広々とした原野で見たら、如何に素晴らしいことか。今日では山口、鹿児島の両県と北海道の一部でしか見ることができない光景であるが、万葉時代はいうまでもなく、それ以後も明治以前までは、けっこう鶴が全国的に散在していたのである。それは各地に鶴に縁をもつ地名があることからも傍証される。東北、関東、中部地方のいたるところ、近畿についても和泉の鶴原、摂津の鶴橋、播磨の鶴居、丹波の鶴が岡など、さらに中国、四国、九州地方にまで全国的に広がっている。

冒頭の歌は「難波の宮にして作れる歌一首、併せて短歌」によるもので、白鶴に焦点を当てたので、まずは短歌をとりあげてみた。この詞書によれば、「宮もとどろに」と指されているのは、難波の宮のことで、白鶴は聖域賛歌の象徴でもある。作歌年次は不明ではあるが、天平十六年閏正月に聖武天皇が難波の宮に行幸されているから、その頃の作ではないか。長歌によれば、難波の宮は「味原《あぢふ》の宮」とも呼ばれていた。

やすみしし　吾《わ》ご大君《おほきみ》の　あり通《がよ》ふ　難波の宮は　鯨魚取《いさなと》り　海片《かた》つきて　玉拾《たまひり》ふ　浜辺《はまへ》を近み　朝羽振《あさはふ》る　波の音《と》さわき　夕凪《ゆふなぎ》に　楫《かぢ》の音《と》聞こゆ　暁《あかとき》の　寝覚《ねさめ》に聞けば　わたつみの　潮干のむた　浦州《うらす》には　千鳥妻呼び　葦辺には　鶴鳴きとよむ……味原《あぢふ》の宮は　見れど飽かぬかも　（六―1062）

朝に夕に波の音が騒ぎ、舟を漕ぐ楫の音の絶えない活気にみちた難波の宮。夜明け方の寝覚めに聞くと、海の潮干と共に港の干潟に千鳥が妻を呼び、葦辺では鶴が鳴き立てていると、現在の難波宮跡に立って、昔を想いながら耳をそばだてる。

「鶴の舞」、「ツルのダンス」は繁殖期の求愛儀礼で、クルルォー、クルルォーと、張りのある声をあげて響き合うはタンチョウツル。ツルは厳格な一夫一婦の典型だそうで、木下順二の「夕鶴」の民話劇には優美なツルに寄せるかぎりない愛の詩情がある。

22 しらさぎ（白鷺）漢名　白鷺・鷺・雲鷺、集中三首

池神《いけがみ》の　力士舞《りきしまひ》かも　白鷺《しらさぎ》の　桙啄《ほこく》ひ持《も》ちて　飛《と》びわたるらむ

長忌寸意吉麻呂《ながのいみきおきまろ》（十六―３８３１）

（池神の力士舞というので、白鷺が鉾をくわえ持って飛びまわっているのであろうか）

大和の水辺や野原、田園で見かける野鳥の中で最も美しいのがサギである。頸も、肢も、嘴も長く、翼を広げて飛ぶ優美な姿は見る人の目を楽しませてくれる。白鷺で見かけるのはチュウサギかコサギで、ダイサギはいない。頭と羽の一部に飴色が混ざるのがアマサギ。灰白色のアオサギ、やや小さいゴイサギなど、さまざまである。

白鷺は松林や杉林に沢山集まって巣を営み、コロニーをなし、それは、鷺山と称せられる。歌の「池神」は大和の地名らしいが所在は不明である。当時この付近の森で鷺山が見られたのであろう。多くの白鷺が営巣材料の木の枝をくわえて、盛んに巣に往来するのを眺めていると、あたかも力士舞のやうに見えるという。

契沖によれば「力士舞」とは、その昔に鉾を横たえて舞いをしたのに由来するとある。また「力士舞とは伎楽、即ちかの推古天皇朝の時に百済人の味麻之《みまし》が伝えたという呉楽の一曲にして、伎楽は伝来以後専ら仏楽として用いられ、奈良朝の盛時には諸大寺にて行われた記録がある」（万葉集考叢）と述べられている。

伎楽は、九曲もしくは十曲あったらしい。なかでも「崑崙《こんろん》」と「力士」は組曲になっていて、迷える外道の「崑崙」を「力士」が組み伏せる状を演ずるもので、曲ごとに違った仮面が付けられる。その他「獅子」「呉公」「金剛」「迦楼羅」「婆羅門」「大狐」「酔胡」などがあり、各曲で派手な衣装をつけて舞ったそうだ。前掲の歌は、宴席に白鷺が、木をくわえて舞う絵が掛かっていて、座興に詠んだ絵解きの歌ではなかったか。

樹上の白鷺

鷺坂にて作る歌三首ある。それら

は全て人麻呂歌集に収録されているので次にあげておくことにしよう。まず「細領巾の鷺坂山…」と「山城の久世の鷺坂…」、「白鳥の鷺山」の順序にする。

細領巾《たくひれ》の鷺坂山の白つつじわれに染《にほ》はね妹に示さむ（九－１６９４）

山城《やましろ》の久世《くぜ》の鷺坂神代より春は萌《は》りつつ秋は散りけり（九－１７０７）

細領巾は白さによってサギにかかる枕詞。栲（タク）は細（タク）と読み、同様にあつかわれる。鷺の頭に立ちあがった細く長い毛が領布に似ているので細領巾の鷺となる。鷺坂山の白つつじよ、私の衣に香を移しておくれ、家の妻に見せようとの、きれいな歌。山城の久世の鷺坂は、神代の昔から春は草木が芽を張り、秋には散る。城陽市には久世神社がある。白鷺は白鳥でもある。

今宵は松の木陰で宿っていこう。

白鳥の鷺坂山の松陰に宿りてゆかな夜も深けゆくを（九－１６８７）

23 にほどり（爾保鳥・丹穂鳥・二寳鳥・爾保杼里）漢名 鳰、集中七首

鳰鳥《にほどり》の　息長川《おきながかは》は　絶《た》えぬとも　君《きみ》に語《かた》らむ　言尽《ことつ》きめやも

馬史《うまのふびと》国人《くにひと》（二十―４４５８）

（息長河の水は絶えてしまおうとも、あなたにお話しする言葉の尽きることがありましょうか）

ニホドリはカイツブリの古名である。

潜水が巧みなので、「もぐり」または「もぐっちょ」の愛称がある。日本にいるカイツブリは小型で翼長約十センチほど。水面に浮かび「キリ、キリ……」と鳴く。親鳥が雛を背に乗せて運ぶところがいかにもほほえましい。

水中に潜って息が長く続くので「息長」の枕詞となっている。息長川は滋賀県坂田郡息長村、現在の近江町を流れる川であると、岩波万葉集の頭注によればそうなっているが、他説もあって確定できない。

作者の馬国人は、史（記録係）であり、行幸に従駕したらしい。天平勝宝八年二月に聖武天皇と光明皇后が難波へ行幸し、その日のうちに天皇は河内の国に至り、知識

寺の南の行宮に到着、翌日も六つの寺を巡って仏像を礼拝している『続紀』。三月七日に河内の呉人（伎人）郷の馬国人の家で、宴が催され、その時に詠まれた歌三首がある。作者は大伴家持と大伴池主と、家の主人の国人の三人である。国人は散位寮散位の資格になっている。散位は位があって官職のないものである。

　上掲の歌はその時に詠まれたのであり、「川の水は絶えても、君への言葉は尽きない」と恋歌の体裁をとってはいるが、河内にいながらにして息長川を詠んでいて、馬国人自身の創作とは言えないようだ。宴の雰囲気に刺激され、古歌を吟唱したのではないか。

爾保鳥、別名　にほ、みほ、むぐり、いよめ

　カイツブリの浮巣造りは雌雄が協力して落葉や水草を積み上げて立派に作られる。支柱があって容易に流れないように工夫が施されている知恵には驚く。また浮巣の漂いには詩情がある。繁殖期には雌雄並び遊んでいるので「…鳰鳥の　二人並び居　語らひし…（794）」「…鳰鳥の　なづさひ行けば…（3627）」「…鳰鳥の　二人雙び

坐…（4106）」というように長歌のなかで男女の仲睦まじさの情景として詠まれている。さらに意味を転化させて水鳥の潜くことから「鳰鳥の葛飾…（3386）」と枕詞になり、水鳥の足がぬれるところから「にほ鳥の足ぬれ来し（2492）」と特徴が多様に捉えられる。

鳰鳥の潜《かづ》く池水《いけみづ》情《こころ》あらば君にわが恋ふる情示さね（四―725）

これは聖武天皇に献上した歌である。作者は大伴坂上郎女で、母の石川内命婦が宮廷に仕えていたから、彼女もそれを希望したのかもしれない。鳰鳥の潜く池水よ。心があるならば、君をお慕い申しあげる心をどうか伝えておくれ、というのである。『私注』にこの作は、何かの機会に天皇から賜った御歌があってその答歌ではないかと注釈しているが、これは興味深い指摘かと思われる。

24　やまどり（山鳥・夜麻杼里）漢名　山鳥・山雉、集中五首

山鳥《やまどり》の　尾《を》ろの初麻《はつを》に　鏡懸《かがみか》け　唱《とな》ふべみこそ　汝《な》に寄《よ》そりけめ

作者年代不明（十四―3468）

（山鳥の尾のような長い初麻に鏡を掛けて神に呪文をとなえる役を私がする筈になっている。―やがてそうなるべきもの（妻になるはず）として、人の噂は私をお前に寄せるのであろう）

ヤマドリはキジとよく似ていて、とりわけ長い尾をもっている。雄の大きいのは、全長が一・五メートルもあるが、そのうち尾の部分が九十センチ以上になるのもあって、それほどに尾が長いということである。

「あしびきの山鳥の尾の垂《しだ》り尾の（十一―2802左注　或る本の歌）」というように長いものの比喩に使用される。キジよりもやや大きく、全身が銅赤色で羽根に光沢がある。雌もキジの雌によく似ていて、尾は短く、全長六十～七十センチほどであって、尾の先端が白いのでキジとの区別がつく（動物事典）。

上掲の歌には種々の解釈があって難しい歌とせられてきた。解釈の分かれるポイン

トは「初麻」のよみかたである。契沖はこれを「秀（ほ）つ尾」と詠む。すなわち尾が長く美しいことを言ったものとして中国の故事から、尾に大鏡をつけるとヤマドリが自分の姿を見て、歌い、舞うという物語を詠みこんだのだという解釈がされてくる。「これは己が形を愛して舞たりと見ゆ」ということらしい。

『博物志』には鏡でなく、水に姿を映して、終日水に映る自分の姿を見て、溺死するとあるそうだ。いわゆるヤマドリ物語である。

このような物語を利用せずに、山鳥を枕詞として解釈して、「はつを」を「初麻」と詠むならば、歌舞と関係がなくなる。その年の初めに収穫した長い初麻に鏡を掛けて神事を行い、神に恋の呪文を捧げるべきだ。それでこそ呪文の効果があらわれ、思いはかなうというものと、作者は新しい期待を込めて詠んでいることになる。この解釈は無難ではあるが、ややロマンに欠ける。作者の狙いはどこにあるのか。そもそもこの作者は男であるか、女であるか。この点も曖昧である。一説には「男の誘い歌」、他説によれば「唱う、呪

山　鳥
鹿持雅澄著
「萬葉集品物図絵」から

文をいう、これは女の役目」とし、詳論を要する。
山鳥の尾の長いようにつらい長夜を耐えているのがつぎの歌。

思へども思ひもかねつあしひきの山鳥の尾の長きこの夜を（十一―2802）
あしひきの山鳥の尾の一峯《ひとを》越え一目見し児に恋ふべきものか（十一―2694）

ただ一目見ただけの子にどうしてこんなに恋うべきものか。
山鳥は峰をへだてて妻問いするといわれている。一峰を越えて妻問いする山鳥は、「一目見し」にかかる序詞となるのである。そこで大嬢を誘う長歌に家持は「山鳥の妻問い」の情熱を投入するのである。

…あしひきの　山鳥こそは　峯向《をむか》ひに　妻問《つまどひ》すといへ　うつせみの　人なる我や
何すとか　一日一夜《ひとひひとよ》を　離《さか》りゐて　嘆き恋ふらむ　ここ思へば　胸こそ痛
め……（八―1629）

25

せにゐるとり（湍爾居鳥）　漢名　河烏・河鴉、集中一首

早河《はやかは》の　瀬《せ》にゐる鳥《とり》の　縁《よし》を無み　思《おも》ひてありし　わが児《こ》はもあはれ

坂上郎女（四―761）

（急流の川瀬にいる鳥のように、たよるところがなくて、思いに沈んでいたわが娘はまあ、ほんにまあ―）

この歌からのみでは鳥の名前は浮かばない。

題詞に「竹田庄より女子《むすめ》の大嬢に贈る歌二首」とあり、それによれば「鶴」ということになっている。

うち渡す竹田の原に鳴く鶴《たづ》の間無く時無しわが恋ふらくは（四―760）

鶴のしきりに鳴く声に誘われて、娘の大嬢のことが気にかかり恋しく思われてならない。竹田庄は現在も橿原の耳成山の付近に竹田の地名が残っている。田園が広がり、のどかな風景の上空には白鷺の飛ぶ姿がある。東光治『万葉動物考』によれば鶴は、

万葉時代には本邦各地に渡来して、その数も多かったであろうと推定されている。竹田に鶴が飛翔していたかもしれないとは、想像するだけでもわくわくする。集中四七首にものぼるタヅの歌の実体は何なのであろうかと、ただ戸惑うばかりである。

瀬に居る鳥

坂上大嬢は大伴宿奈麻呂《すくなまろ》と坂上郎女との間の長女である。大嬢は旅人の嫡男家持の正妻となり、二人は幼なじみではあったが、家持の青年期、いわゆる内舎人《うとねり》時代の彼の周囲には若い女性たちが取りまいていて、華やか色彩を放っていた。そのためもあってか、初心な大嬢は彼に容易に近づこうとはしなかった。次第に二人の関係は疎遠となり、離絶数年という危機的状況におかれていたのである。あたかも河の瀬の早い流れに足を取られて、飛び立ちかねているタズのように、行方を見定めかねて、悩みに打ち沈んでいる娘にひたすらに心を痛めている母の坂上郎女である。

坂上郎女に関連して「田庄《たどころ》歌群」といわれ、竹田庄と並ぶ「跡見庄《とみのたどころ》にして作る歌」二首がある。跡見の田庄は、竹田庄と並ぶ大伴家の荘園である。跡見庄は庶弟の大伴稲公《いなぎみ》の所領であったが、秋の収穫には坂上郎女が自分から田廬《たぶせ》に泊まって作業の指揮をとっていた。跡見庄の地名が残っていないので、推定によって二つの候補地がある。一つは三輪山の麓にある「外山《とび》」のあたりと、他は榛原の吉隠《よなばり》の北にある鳥見山の麓である。いずれにせよ、秋には山が紅葉して万葉のたたずまいがほのかに残る景勝の地である。

妹が目を始見《みそめ》の崎の秋萩はこの月ごろは散りこすなゆめ（八－１５６０）
吉名張《よなばり》の猪養《ゐかい》の山に伏す鹿の嬬呼ぶ声を聞くがともしさ（八－１５６１）

吉名張の猪養の山には穂積皇子との悲恋物語のヒロイン但馬皇女のお墓がある。娘の頃に穂積皇子の愛を受けた坂上郎女にとっても牡鹿の嬬呼ぶ声にロマンの夢が甦る。この時、郎女は三九歳。娘の恋の悩みに心を痛めながら平城京の宅がしきりに恋しくなりはじめていた。

26

たづ（鶴、多津、多頭、多豆、多都）漢名　鶴・仙禽、集中四六首

玉襷《たまたすき》　かけぬ時無《ときな》く　息《いき》の緒《を》に　わが思《も》ふ君《きみ》は　うつせみの　世《よ》の人《ひと》なれば
大君《おほきみ》の　命《みこと》かしこみ　夕《ゆふ》されば　鶴《たづ》が妻呼《つまよ》ぶ　難波潟《なにはがた》　三津《みつ》の崎《さき》より　大船《おほふね》に
真楫繁貫《まかぢしじぬ》き　…中略…　斎《いは》ひつつ　君をば待《ま》たむ　はや還《かへ》りませ

笠朝臣金村《かさのあそみかなむら》（八－1453）

（美しい襷をかけるように心に掛けない時とてなく、わが命のように思う君は、現世の人なので、大君の命令をかしこみて、夕方になると、鶴が妻を呼ぶ難波潟のみ津の崎から、大船に真楫を多く貫きて……（後に残って私は幣を手に取って）神を祭りつつ君を待ちましょう。早くお帰りなさいませ）

舒明天皇の代から始まって、九世紀末まで十数回にわたって遣唐使が派遣された。そのうち大宝元年、天平四年、天平勝宝二年の三回に関連して歌が二十首ほど万葉集にある。しかし出発はそれぞれ大宝二年六月、天平五年四月、天平勝宝四年閏三月とあって、相当の準備期間が必要だったというばかりでなく、海路悪化のため延期を余儀なくされていたことが分かる。当然のことながら送別の歌は旅の安全を祈願する声

さながらに、船出の様子を物語っている。

上掲の歌は第十次遣唐船の時で大使は多治比広成。この時笠朝臣金村はある入唐使に歌を贈った。さてこの時には栄叡《ようえい》・普照《ふしょう》の二学僧も同船していて、彼等は渡唐後、鑑真和尚の来日要請に言い尽くせない努力をしたのである。在唐経験のある山上憶良もまた「好去好来の歌」をもって「恙なく幸く坐して」と、遣唐大使多治比広成に歌を贈っている。

鶴、別名　たづ、あしたづ、おほとり
「萬葉図録」（靖交社・初版昭和15年）から

上掲で削除した語句を加えて「真楫繁貫き白浪の高き荒海を　島伝ひ　い別れ行かば」は、左右に楫をたくさん取りつけ、波頭を乗り越えて前進する雄壮な大船のイメージが浮かぶ。第十一次の大使藤原朝臣清河の時に孝謙天皇から賜った御歌によれば、

…四《よつ》の船《ふね》　船《ふな》の舳《へ》並《なら》べ　平《たひら》けく　早《はや》渡り来

て　返言《かへりごと》　奏《まを》さむ日に　相飲まむ酒《き》そ　この豊御酒《とよみき》は（十九－4264）

とあるように船団は四艘から成り、一艘に百十五人、総勢四百数十人ほどが乗り込んで出発したのである。観衆のどよめきのなかを船団が難波津を出航するのを誰もが不安を抱きながらも無事を祈って見送っていたことだろう。

さて入唐して十七年後に栄叡は病に倒れ、異国において生涯を閉じる。栄叡の遺志を受け継いだ普照は三年後にその夢を実現する。鑑真を師と仰ぎ、普照は師の渡東のために、並々ならぬ苦闘を続ける。ようやくにして再会を実現した鑑真と普照との、船のなかでの出合いの瞬間。互い手を取り合いながら、両眼の明を失した鑑真が普照に声をかける、「照よ、よく眠れたか」。この言葉は、いかにも生々しく、そして温かいのである（井上靖『天平の甍』）。

井上説によれば金村が入唐使に贈った歌は夫を送る妻の歌で、金村が代作したのではないかと。「夕されば鶴が妻呼ぶ難波潟」の詩句からもそのように解釈されるかも知れない。ところで無名の入唐使は、帰国を遂げ無事に妻との再会を果たすことができただろうか。

27 たづ（鶴・多津・多豆・多都）漢名　鶴・仙禽、集中四六首

旅人《たびびと》の　宿《やど》りせむ野《の》に　霜《しも》ふらば　わが子羽《こは》ぐくめ　天《あめ》の鶴群《たづむら》

作者未詳（九—1791）

（旅人が宿りする野に霜が降ったならば、我が子をお前の翼で覆ってやっておくれ。空を飛ぶ鶴の群よ）

以前に琵琶湖畔の某所で鶴が出没するというので騒がれたが、それはアオサギにすぎなかったらしい。鷺も大型のは鶴と誤認されることがあった。鵠（クグヒ、白鳥）、あるいはコウノトリも鶴と見做されることもあって、万葉の頃タヅは大型の鳥の総称であった。したがってその都度、歌の内容から識別しなければならないが、上掲の歌の「天の鶴群」のタヅはどうなのだろう。平安以後タヅは田鶴と書き、鶴とは区別されているが、万葉では鶴の文字でタヅと訓まれる。だから言葉からは「大空を飛び行く鶴の群」ということになろう。

題詞によれば、「天平五年　癸酉《みづのととり》に遣唐使の船、難波を発ちて海に入る時に、親母《はは》の、子に贈る歌一首」の長歌に併せた短歌が上掲の鶴の歌である。天平五年の遣唐使船の

鶴、別名　あしたづ、おほとり

出発は『続日本紀』によれば「夏四月己亥《つちのとゐ》三日遣唐船四隻が、難波の津より進発した」となっている。鶴は渡り鳥で春に北方シベリアに帰っていく情景となる。とすれば、両者の間にはおよそ一カ月ほどの相違がある。ところで、この時の遣唐大使は多治比《たじひ》広成《ひろなり》で、山上憶良が「好去好来の歌」を贈っている。それがおよそ一カ月ほど前に、憶良の宅にて広成と対面して、とあるから、その頃にそれぞれに送別の宴がもたれていたのではないだろうか。そこで万葉集の方では出発の日付が曖昧になってしまったのである。長歌の内容もさほど季節を意識せずとも、親子の情愛がテーマとなり、正確な出発の日付にこだわる必要はないかも知れない。長歌のほうも挙げておこう。

秋萩《あきはぎ》を　妻問《つまど》ふ鹿《か》こそ　独子《ひとりご》に　子持てりといへ　鹿児《かこ》じもの　わが独子の　草

枕　旅にし行けば　竹珠《たかだま》を　しじに貫《ぬ》き垂《た》り　齋瓮《いはひべ》に　木綿《ゆふ》取り垂《し》でて　齋《いは》ひつつ　わが思《も》ふ吾子《わがこ》　真幸《まさき》くありこそ（九―1790）

「遣唐使の母は中々動物のことをよく知っている。秋萩に妻問ふ鹿、鹿は一子より生まないことも巧みに取り入れている（東光治）」。またタズについて作者は「鶴の子育て」を見た経験があるのではないかと言う。鶴は雄雌が協力して雛を守り育てる。雌が巣籠中は、雄が見張りに立ち、雌が巣を離れる時には、雄が雌に代わって翼で卵を抱いて温める。雛になると餌を取ることを教え、雛を中にして前後を警戒しながら歩くのである。

短歌の方は、鶴が子を守る情愛に託して、わが子の無事を祈ったのだろう。したがってこの歌は、子を思う親の心情を率直に訴えたもので、親心の歌が数少ない万葉集では貴重である。古来鶴は、神秘な聖鳥といわれる。その優美な姿は親の愛の抱擁性を象徴するのにふさわしい。それればかりか送別の頃であれば、春に北国へ帰る「鶴群」の美しい姿をこの母は見たのではないであろうか。とにかく万葉時代には、難波津に鶴が飛んでいたらしいからである。

28

ちどり（千鳥・乳鳥・知鳥・知等理）漢名　千鳥、一二六首

淡海《あふみ》の海《うみ》　夕波千鳥《ゆふなみちどり》　汝《な》が鳴《な》けば　情《こころ》もしのに　古《いにしへ》思《おも》ほゆ

柿本朝臣人麻呂（三―266）

（近江の琵琶湖の夕波にさわぐ千鳥よ、お前が鳴くと、心もしをしをと萎れて、古のことが偲ばれることよ）

近江琵琶湖畔には今も千鳥が多くいるらしい。日本に多いのはシロチドリ、コチドリ、イカルチドリ。これらは留鳥であるが、冬に群をなすのは、ほとんどシロチドリということである。とすれば冬の季語になるのはシロチドリであるのか。シロチドリは首のあたりが白く、胸に黒帯をしている。歩き方も早く、飛翔力もあるが「通常水辺を走りまわるのみで水中に浮かぶことはない（東光治）」。千鳥は通常前足が三本だけで、後足がないので、千鳥足で歩く。

夕波千鳥―これは人麻呂独自の詩句で、実に美しい響きをもっている。夕映えて茜色に染まった西の空。その空の色を湖水に深く吸引しながら、光は宝石のきらめきを

反射させて、あたり一面に広がり、さらに遠くの彼方へと達している。この夕波の華麗な色彩を、悲しみの調べに変えて鳴くのは千鳥。千鳥はあたかも古の琵琶湖畔での戦い、壬申の乱の悲劇を記憶してでもいるかのように、喉を絞って、キリリッ、キリリッ、ピィ、ピィ…哀調で鳴く。

千鳥、別名　いそなどり（磯鳴鳥）

人麻呂は青年期を近江で過ごし、壬申の乱にも参加をしていた、この魅力的な仮説は、歴史学者の北山茂夫氏の述べるところである。このことは、荒れたる廃都近江を過ぎる時に人麻呂が感慨をこめて詠んだ長歌の最後の部分「…大宮は　此処と聞けども　大殿は此処と言へども　春草の　繁く生《お》ひたる　霞立ち　春日《はるひ》の霧《き》れる　ももしきの大宮処《おおみやどころ》　見ればかなしも（一－29）」によって象徴される、近江朝の悲劇に寄せる人麻呂の哀歓が、その仮説の確実性を情緒的に承認してしまうほどである。

千鳥の語源は、明らかではない。そこで数多く百千が大群をなして飛ぶことに由来するのではないかと言われる。百千鳥《ももちどり》の名称をもって詠まれる歌もある。この場合には単に多くの鳥を意味しているのみで、真正の千鳥ではないこともある。そこで歌意にしたがって観賞者は判別しなくてはならず、このことは別稿において触れておいた。留鳥としての千鳥以外に、旅鳥の千鳥は、春秋の時期に訪れるのであるけれど、何故か和歌や俳句には冬の千鳥が多い。

清き瀬に千鳥妻喚び山の際に霞立つらむ甘南備《かむなび》の里（七―1125）

神奈備は随所にあるけれど、これは飛鳥であって、この千鳥は飛鳥川の小鳥である。「故郷を思《しの》へる」の詞書があって、作者年代不明である。

29

ちどり（千鳥・乳鳥・知鳥・知等里）漢名　千鳥、集中二六首

川渚《かはす》にも　雪《ゆき》は降《ふ》れれし　宮《みや》の裏《うち》に　千鳥鳴《ちどりな》くらし　居《ゐ》む処無《ところな》み

大伴宿祢家持（十九—4288）

（川の州にも雪が降っているので、宮中に来て千鳥が鳴くらしい。居るところが無くて）

佐保川は川原にも雪が降り積もっている。居場所を失った千鳥が御所の内に入って来て鳴いているらしいという、雪景色のすがすがしい歌である。天平勝宝五年正月十二日（新暦の二月二三日）に「内裏に侍《さぶら》ひて千鳥の鳴くのを聞きて作る歌」とある。前日に大雪が降り、尺二寸も積もっていた。糎尺に換算すれば三五センチほどになるらしいから相当な積雪である。「十一日大雪落《ふ》り、積もること尺二寸あり。因《よ》りて拙《つたな》き懐《おもひ》を述《の》ぶる歌三首」が詠まれている。

大宮《おほみや》の内にも外《と》にもめづらしく降れる大雪な踏《ふ》みそね惜《を》し（十九—4285）

御苑生《みそのふ》の竹の林に鶯はしば鳴きにしを雪は降りつつ（十九—4286）

千鳥、別名　いそなどり

鶯の鳴きし垣内《かきつ》ににほへりし梅この雪に移ろふらむか（十九―4287）

珍しくも積もった真っ白な積雪を、どうか踏まないで！惜しいからと叫び、作者は白銀の雪景色を何時までも眺めている。同じく家持に「大宮の内にも外にも光るまで降れる白雪見れど飽かぬかも（十七―3926）」の歌もあるが、正月の雪は故事によれば豊饒の瑞兆でもあったから、これを汚したくない思いは、ひとしおであったに違いない。巻十七の歌は天平十八年正月の宴席でのことで、場所は元正太上天皇の御在所の中宮西院で、大臣、参議、諸王が勅によって雪を賦して各々その歌を奏上した。家持も詔に応えて詠んだものである。前掲の歌の作歌年次は、その時から数年が経過している。家持の身上にも変化に富んだ出来事があったのではないであろうか。

さて御園の竹林では、すでに鶯が来てしばしば鳴いていた。なのにこのような大雪が降るとはと驚き、これでようやくにして咲き始めた梅の花も、雪で散ってしまうのではないかと心配しながらも、作者は大雪の瑞祥に喜悦の表情を見せている。

例年のごとく年末から正月にかけては、ここかしこにて酒宴が催され、その際歌が詠まれることも多々あった。正月十二日に出仕して詠んだのが積雪のため宮内に舞い込んできた千鳥の歌であった。家持のこの行動に続く、次の記録はやや間を置いた十九日のことである。左大臣橘家の宴にして、「攀《よ》ぢ折《おれ》る柳《やなぎ》の條《えだ》を見たる歌一首」。

青柳《あをやぎ》の上枝《ほつえ》攀《よ》ぢ取り蘰《かづら》くは君が屋戸《やど》にし千年寿《ちとせほ》くとそ（十九－4289）

このように橘諸兄に歌を献上した家持は、橘家の千年の栄えを祝い、大雪の悦びの延長でもあるかのごとく、新年の慶賀に華やいでいたのであるが、橘諸兄の繁栄は長くは続かなかったようだ。

30　ももちどり（百千鳥）　集中一首

わが門《かど》の　榎《え》の実《み》もり喫《は》む　百千鳥《ももちどり》　千鳥《ちどり》は来《く》れども　君《きみ》そ来《き》まさぬ

作者年代不明（十六－3872）

（わが家の門のわきに生えている榎の木の実を啄んで食べている沢山の鳥たちよ。木の実にはこんなに沢山の鳥が飛んで来ているのに、私のお待ちしているあなたはいらっしゃらない）

榎の文字は今日ではエノキと読む。万葉では榎は「エ」といわれた。ニレ科の落葉喬木。四～五月ころ淡黄色の細花を咲かせ、よく繁る葉のつけ根に果実がつく。橙色になると食用に供される。この木は夏によく繁り、木陰が好まれて、江戸時代には一里塚に植えられて、里程の目じるしとなっていた。

上掲の歌の門の傍らに立ちつくし、木の梢を見上げながら君を待ちつくしているところの作者はどのような女性なのであろう。「もり喫む」には多義があって、『代匠記』によれば「もりは牟禮《むれ》と通ずればば群居て喫む意にや」とある。小鳥たちが多く来て群がってついばんでいる様子と捉えれば、適切な表現となろう。したがって、ここでの千鳥は特定の小鳥の義ではなく、群鳥を指す意味と解してよい。このように多くの鳥を千鳥とよんだ例は他に三首ほどある。

百千鳥（多くの鳥）

明けぬべく千鳥数鳴《しばな》く白栲《しろたへ》の君が手枕いまだ
飽かなくに（十一―2807）

わが門に千鳥数鳴く起きよ起きよわが一夜夫《ひとよづま》
人に知らゆな（十六―3873）

…朝猟に　五百《いほ》つ鳥立て　夕猟に　千鳥踏み
立て…（十七―4011）

普通の千鳥であれば夜中でもないているので、夜明けになくのは沢山の鳥たち「群鳥」ということで、百千鳥も同じ意味になる。起きよ、起きよ、と鳴く朝鳥はスズメ、カラス、ツバメ、ヒバリといった鳥たちがいるということである。長歌の中に詠み込まれている千鳥は、五百つ鳥に対応して、千鳥といったもので、やはり数の多い鳥を意味する。百鳥《ももとり》も同様である。

梅の花今盛りなり百鳥の声の恋《こほ》しき春来たるらし（五―834）
…百鳥の　声なつかしき　在《あ》りが欲し…（六―1059）
…百鳥の　来居《きゐ》て鳴く声　春されば…（十八―4089）

短歌は大宰府の下官（少令史《せうりょうし》）の田氏肥人《でんしのうまひと》（伝未詳）の作。長歌の一は田辺福麻呂が荒れた恭仁京を詠んだ文中からで、後者は大伴家持の作である。これも群鳥のことで、まことの千鳥ではない。千鳥の歌か群鳥か否かは歌詠の状況から判断するよりほかに仕方がないだろう。

千鳥の種類は多く、大和本草からの引用では「雀より大、前三本指、後指なし、歩むに足を左右にちがえてはしる、人の歩むことこれに似たるを千鳥足」と。千鳥は清らかな水の流れに住み、夜間でも鳴いていることなどの生態が挙げられる。

31 みやこどり（美夜故杼里）漢名 都鳥、集中一首

船競《ふなぎほ》ふ　堀江《ほりえ》の川《かは》の　水際《みなきは》に　来居《きゐ》つつ鳴《な》くは　都鳥《みやこどり》かも

大伴宿祢家持《おほとものすくねやかもち》（二十―4462）

（船が競って漕いでいる堀江の川の水際に来て居つつなくのは都鳥であろうかナァ）

集中での都鳥の歌はこの一首のみである。

都鳥と言われるのに、千鳥類と鷗類とがある。

伊勢物語（平安前期）に名高い「名にし負はばいざこととはんみやこ鳥わがおもふ人はありやなしや」と詠める隅田川の都鳥は、鷗類のユリカモメと推定されている。白い鳥で、嘴と脚が美しい赤色をなし、シギほどの大きさで、水上を飛行して魚を捕食すると、物語に記載されているからである。

千鳥類に属するミヤコドリはやや大型（全長四五センチ、翼長二五・四～二七・九センチ、動物事典）で、動物学上の和名とさえなっている。このほうは頭、頸、背と尾の先が黒色体で、その下部が白色。嘴は黄赤色で、脚も赤い。ユリカモメは主として魚を食

べるのに、ミヤコドリは海辺のカキ、貝類や虫を捕食する。但しユリカモメも広い意味では千鳥に属し、鳥綱チドリ目カモメ科で、ミヤコドリはチドリ目ミヤコドリ科（図鑑）として分類されている。

美夜故杼里、別名　うはちどり

上掲の歌の都鳥はどちらだろう。左注によれば「難波堀江の辺《ほとり》にして作れる」とある。天平勝宝八歳の春に聖武太上天皇と光明皇太后が難波に行幸している。その従駕に際して家持が詠んだものとすれば春の風景となる。ユリカモメは冬鳥なので、万葉歌の方は、千鳥科のミヤコドリということになろうか。飛びつつ鳴くのではなく、水際に下りて鳴くとある。この鳥の習性からしても、ユリカモメとは別のミヤコドリの方になるであろう。都鳥という呼名の由来は、みやびやかな鳥ということ、あるいは難波の都に来て棲む鳥だからということになるか。三首がセットなのであとの二首を補足して、

堀江漕ぐ伊豆手《いつて》の船の楫《かぢ》つくめ音しば立ちぬ水脈《みを》早みかも（二十―4460）

堀江より水脈《みを》さかし上る楫の音《と》の間無くそ奈良は恋しかりける（二十―4461）

「楫つくめ」のつくめは「楫の付目」で、楫を船尾に結ぶための突起個所のこと。その軋む音がしばしば高く立ち響く。水脈の流れが早いからなのであろうか。この楫の音が絶え間なく聞こえるように絶え間なく、堀江の辺に佇む家持は、しきりに大和を恋いこがれている。楫の音に合わせて聞こえるのが、海辺の干潟に下りて餌をあさるミヤコドリの鳴声。さて都鳥の鳴き声には作者のひそかな旅愁が込められているようだ。ユリカモメが飛び去った後に、春から秋にかけて飛来してくるミヤコドリの方は、好んで干潟に寄りついているが、ごく少数には越冬するのもいるらしい。

『都鳥考』という小冊子が角田川の梅屋鞠塢という人によって文化十一（1714）に発行され、そこに、「都鳥眞圖」が載っている。これが千鳥科のミヤコドリである。同著にミヤコドリの説明文があるので、以下参考にするならば「頭黒ク胸黒ク背黒ク、腹脇白シ、両羽皆白ク、尾先黒ク、嘴ト足赤シ、嘴長シ、眼フチ赤ク、飛ヲ下ヨリ見レバ白キ鳥ニ見エ、上ヨリ見下セバ黒シ、足ハ千鳥ニ似テ水カキ少ナシ、三指足也、啼声ヒヤウ、、、と鳴く、鷹ノ声ニ似テ、和ニシテ高シ。……水辺ヲ好ミ、鴨鵜如く深水ノ上ニテ餌ヲ求ムモノニハアラジ」というようにユリカモメと区別されている。

32 しらとり（白鳥） 漢名 白鳥・鵠、集中二首

白鳥《しらとり》の 飛羽山松《とばやままつ》の 待《ま》ちつつそ わが恋《こ》ひわたる この月《つき》ごろを

笠女郎《かさのいらつめ》（四―588）

（白鳥の飛ぶ飛羽山の松のように、あなたを待ちつつ私は、あまたを恋しく思い続けてきました。この幾月かを）

白鳥は鳥綱ガンカモ目ガンカモ科で、世界に五種を産する。オオハクチョウ、コハクチョウ、コブハクチョウ、アジアコハクチョウ（旧名ハクチョウ）、クロエリハクチョウ（別種コクチョウ）などである（動物事典）。このうち日本や東洋に渡来して越冬するのがオオハクチョウ、コハクチョウで、越冬地は北海道風蓮湖《ふうれんこ》、濤沸湖《とおふつこ》、青森大湊《おほみなと》、小湊、新潟瓢《ひょう》湖、秋田八郎潟、茨城牛久沼《うしくぬま》、島根宍道湖《しんじこ》などが紹介されていて、大和までは飛来して来ていないよう。しかし古代においても『垂仁紀』の記述によれば、誉津別皇子《ほむつわけのみこ》が「鵠《くぐひ》」すなわち、白鳥を見て「これは何物ぞ」とたずねたのである。喜んだ天皇は白鳥を捕らえてくるように命ぜられた。それを受けて使いの者は出雲へ

行って捕らえてきたとある。これはオオハクチョウであろう（東光治）といわれる。オオハクチョウの全長は約一五五センチ、翼長が約六二センチ、両翼をひろげると二五〇センチほど、くちばしの上部の黄色斑は、鼻穴前方まで達している。最大のオオハクチョウは北アメリカのナキハクチョウで全長一七〇センチもある。コハクチョウは北アメリカ産の全長一三八センチ。日本のアジアコハクチョウの全長一二〇センチ

白鳥、別名　くぐひ

よりやや大きいという程度である。毎年十月初旬から中旬にかけて北海道から本州の各地の水辺にまずコハクチョウが、少し遅れてオオハクチョウが姿をあらますということである。

では『景行記』のヤマトタケル命の神霊が白鳥と化して飛翔したのは、オオハクチョウと言えるであろうか。『古事記』の叙述から引用すれば、ヤマトタケルの亡骸《なきがら》を葬《はぶ》るために、大和におられる妃たちや御子たちがみな能煩野《のぼの》に下ってきて御陵を造り、すなわち、其の地のなずきの田《た》に匍匐廻《はひもとほ》りて、哭《みねな》きて歌よみし

たまひしく、

なずきの田《た》の　稲幹《いながら》に　稲幹に　匍《は》ひ廻《もとほ》ろふ　ところ蔓《づら》（記歌謡三五）

命は八尋白智鳥《やひろしろちどり》と化りて、天《あめ》に翔《かけ》りて浜に向ひて飛び立つ。妃や御子たちは、その小竹の切株で足を傷つけて、その痛さをも忘れ、泣いて追っていかれたのである。この「八尋白智鳥」は「大きい白千鳥」と解説されているけれど、これは白鳥のイメージである。スーパー歌舞伎の演ずるような美しくて見事な白鳥。八尋のヒロは両手を左右に広げた大きさで、此の世ならぬ神秘の美の象徴である。

万葉ではこの白鳥について、二首の歌があるにすぎない。両者ともに枕詞で、他の一つは「白鳥の鷺坂山」という。この場合の白鳥は明らかに白鷺のことである。笠郎女の歌は、白鳥が飛ぶにかかっているから白鷺ではないかも知れない（大言海）し、これも白鷺ということもありうる。というのは飛羽山の所在地が現在の奈良市奈良坂あたりと推定されているからで、場所から想像しても白鳥のイメージは浮かんでこない。白鳥は古代大和にはいなかったのか。

33 かまめ（鴨妻・加萬目）漢名 鷗、集中一首

大和《やまと》には　群山《むらやま》あれど　とりよろふ　天《あま》の香具山《かぐやま》　登《のぼ》り立《た》ち　国見《くにみ》をすれば
国原《くにはら》は　煙《けぶり》立《た》つ立《た》つ　海原《うなはら》は　鷗《かまめ》立《た》つ立《た》つ　うまし国《くに》そ　蜻蛉島《あきづしま》　大和《やまと》の国《くに》は
舒明天皇《じょめいてんのう》（一―2）

（大和には多くの山々があるが、とりわけ草木の茂って立派に装う天の香具山、その山に登り立ち、国見をすると、国原には炊煙がしきりに立ち、海原には鷗がしきりに飛び立つ。美しき国よ、蜻蛉島大和の国は）

カマメはカモメの古名。一説では、鷗は山中の池には棲まないから、水鳥の群れをなす鴨群（かもめ）のことではないかと言われる。それに対して今でも大阪湾や淀川ではカモメの数種を見受けることができるので、万葉時代には大阪湾から大和川へとさかのぼったカモメが大和の池まで飛んで来ていたのではと推定されている。後者の意見に従えばカモメの歌は集中にこの一首だけとなる。

さて歌のカマメは海に飛ぶカモメなのか、カモの一種をそう呼んだものなのかは確

鹿持雅澄著「蔓葉集品物図絵」から

定できないが、「海原はかまめ立つ立つ」の表現に流れる詩情はすばらしい。天皇の度々の行幸は時に海路をとることもあったと思う。そのような時天皇は大海原に乱れ舞う白い翼のカモメの群れをご覧になったのではないか。大和の池に飛び交う白い鳥の群れの光景と、大海原のカモメの乱舞とがダブルイメージをなして幻想を生み、池が海原に変貌したのではないであろうか。

昔は香具山の周辺を池がとり囲んでいた。西には埴安池《はにやすのいけ》、西北に離れて耳成池《みみなしのいけ》、東北には磐余池《いはれのいけ》があり、南西に離れて剣池《けんがいけ》などがあった。香具山に登り立つならば一望して、それらの池を見渡すことができたのではないであろうか。

『記紀』神話の舞台となり、天から降った伝説をもつ聖山の香具山である。「国原は煙立つ立つ、海原に鷗立つ立つうまし国」という気概に充ちた豊穣予祝の意義が込められている。

さらに香具山の歌として鴨君足人《かものきみのたりひと》の詠む歌がある。

天降《あも》りつく　天《あま》の芳来山《かぐやま》　霞立つ　春に至《いた》れば…奥辺《おきへ》には　鴨妻呼《かもつまよ》ばひ　辺《へ》つ方に　あぢむら騒《さわ》き　百磯城《ももしき》の……（三―257）

天上から降って来たと伝える天の香具山と『伊豫国風土記逸文』の伝えるところを冒頭においているので、作者がどのような人物なのか問いただしたくなる。端的に言えば「伝未詳」であるが、君は姓で、鴨氏の本居が藤原宮にあって、香具山の近くに居を構えていたのであろう（岩波頭注）。由緒のある人物らしいけれど、この人の作はここに記載されているのみで、曖昧な人物である。とにかく当時の香具山にそのような伝説があったことは、続いて「或る本の歌に云う」として、ほとんど同じ内容で香具山の歌があることからも推定される。この二つの歌の中に「鴨妻呼ばひ」の言葉が出てくる。これは「鴨が妻を呼ぶこと」の意味ともとれるが、「鴨妻＝かもめ」というならば、二番の歌の「かまめ」のこととなり、やはり「カモメ」が飛んでいたのかも知れないのである。

34

さかどり（坂鳥）集中一首

やすみしし　わご大君《おほきみ》　高照《たかて》らす　日《ひ》の御子《みこ》　神《かむ》ながら　神《かみ》さびせすと　太敷《ふとし》かす　京《みやこ》を置《お》きて　隠口《こもりく》の　泊瀬《はつせ》の山《やま》は　真木立《まきた》つ　荒山道《あらやまみち》を　石《いは》が根《ね》　禁樹《さへき》おしなべ　坂鳥《さかとり》の　朝越《あさこ》えまして　玉《たま》かぎる　夕《ゆふ》さり来《く》れば　み雪降《ゆきふ》る　阿騎《あき》の大《おほ》野《の》に　旗《はた》すすき　小竹《しの》をおしなべ　草枕《くさまくら》　旅宿《たびやど》りせす　いにしへ思《おも》ひて

柿本朝臣人麻呂（一―45）

（八隅を知ろしめすわが大君、大空高く照らす日の皇子は、神として神らしい振る舞いをなさるとて、立派な都をあとに、泊瀬の山は真木の立つ荒山道だが、その道の岩根や道をさへぎる木を押しなびかせ、払暁にお越えになって、夕方には、雪のふる阿騎の大野に、旗すすきや小竹を押し伏せ、草枕の旅の宿りをなさる。その昔のことをお思いになって）

朝早くねぐらを出て、群をなして山を越える鳥の総称がサカドリである。群鳥が声高に囀りながら、東の空の白らむ頃に山を越えて渡る。通路は大抵は定まっていて、その通るところが鳥道といわれるそうだ。阿騎の大野は現在の大和の大宇陀町にあって、今も古代の面影を残した遥かな原野である。「真木立つ荒山道」「はだすすき」「小竹《しの》」など、歌にある自然の風情が眼界に開ける。野の果てに遠望される山並みの稜線が波状をなして東天を横切る。

この長歌は、日並《ひなみしの》皇子《みこ》尊《のみこと》の遺児、軽皇子が亡父ゆかりの地に遊猟した時の人麻呂の歌で、短歌四首を併せている。都を後にして、厳冬の阿騎野に旅宿りをされる軽皇子（十歳頃）の凛々しく、けなげな姿がある。遊猟の目的は続く四首の短歌に秘められている。

坂　鳥

阿騎《あき》の野に宿《やど》る旅人《たびびと》打ち靡《なび》き眠《い》も寝《ぬ》らめやも
古《いにしへ》思ふに（一—46）

ま草刈る荒野にはあれど紅葉《もみちば》の過ぎにし君が形
見とぞ来し（一—47）

東《ひむかし》の野に炎《かぎろひ》の立つ見えてかへりみすれば月傾《かたぶ》
きぬ（一—48）

日並皇子《ひなみしのみこ》の命《みこと》の馬並《な》めて御獵立《みかりた》たしし時は来向《きむか》ふ（一―49）

阿騎の野に仮寝する旅人は安らかに眠ることができようか。長歌の「いにしへ思ひて」がより一歩進められて、「いにしへ思うに」に変わり、阿騎の野という回顧的場所が現れる。この草茂る荒野。ここを亡き父君の形見の場所として来た軽皇子。「過ぎにし君が形見」の場所において、「日並皇子尊の御猟立たしし」その時が重ねられる。有名な「かぎろい」の歌によって、二つの時間が両極において対立しながら象徴的に響きあっている。「東の野にかぎろいの立つ見えてかへり見すれば月傾きぬ」と。万葉仮名で「野炎」と書かれる「かぎろひ」について、現代の世にも「かぎろひ論争」が起こった。通説によれば「炎」は夜明け前の曙光で、冬季に現れるスペクトル現象という。それを古代にタイムスリップするならば、太陽の上昇を予告する「曙光」と、下降をたどりつつ「傾く月」の、太陽と月の交替劇が王権に絡まってくる。すなわち、かつて日並皇子が馬を連ねて出猟しようとした早暁の時刻が軽皇子にも訪れようとしている。この軽皇子の成人儀礼に臨み、若々しい太陽のように逞しくあれ！と人麻呂は祈りを込めて厳粛に歌を詠んだのである。

35

かも（鴨・可母・可毛）漢名　鴨・鳧・水鳧・野鴨、集中三一首

夕《ゆふ》されば　葦辺《あしへ》に騒《さわ》ぎ　明《あ》け来《く》れば　沖《おき》になづさふ　鴨《かも》すらも　妻《つま》と副《たぐ》ひて　わが尾《を》には　霜《しも》な降《ふ》りそと　白《しろ》たへの　羽《はね》さし交《か》へて　打《う》ち払《はら》ひ　さ寝《ね》とふものを　行《ゆ》く水《みづ》の　帰《かへ》らぬ如《ごと》く　吹《ふ》く風《かぜ》の　見《み》えぬが如《ごと》く　跡《あと》も無《な》き　世《よ》の人にして　別《わか》れにし　妹《いも》が着《き》せてし　褻衣《なれころも》　袖片敷《そでかたし》きて　独《ひと》りかも寝《ね》む

丹比大夫《たぢひのまえつきみ》（十五―3625）

（夕方になると葦辺で騒ぎ、夜が明ければ沖に漂っている鴨でさえ、妻と一緒にいて、わが尾羽に霜よ降るなとばかり、白妙の羽をさし交わし、払い合っては寝るというものを。行く水の帰らぬ如く、吹く風の見えぬが如く、跡形も無く消え行く世の人の常として、別れてしまった妻が着せてくれた着馴れの衣。その片袖を敷いて独りで寝ることであろうか）

丹比氏には、丹比真人笠麻呂、国人、屋主、乙麻呂などの名が万葉歌人として挙がってはいるけれど、それらの関係は不明。これは「亡《みまか》りし妻を悽愴《いた》む歌（古き挽歌）」である。

鴨、別名　かもとり
鹿持雅澄著「蔓葉集品物図絵」から

カモたちの習性として天候のよい日には、大抵は海の沖合へ出て遊び、夕方になると陸上の川池、水田にきて餌をあさり、葦辺をねぐらとする。その鴨の習性がよく観察されている。またカモの雌雄は自分の尾には霜よふるなとばかり、互いに、白い羽をさしかわして、霜を打ち払いながら寝ると言われる。この、あたかも細やかな夫婦愛の象徴でもあるかのような鴨たちを歌い、作者は亡妻への哀惜を訴える。「白たへの羽さし交へて」を人の場合にすれば、「白栲の袖さしかへて」となる。続く反歌をあげておこう。

鶴が鳴き葦辺をさして飛び渡るあなたづたづし独りさ寝《ぬ》れば（十五―3626）

鶴が鳴いて葦辺の方に飛び渡っていくよ。その鳥の名のようにタズタズしいことよ。

この面白い表現のタヅタヅシは心細くてたよりないといったほどの意味で、独り寝の序詞となっている。鶴が鳴きを初句においたのは実景を叙して序とした（沢瀉）ので、カモに劣らぬ雌雄の仲睦まじい鶴によって、作者の孤独感は一層に深められる。

大伴卿が京に上りし後に、満誓沙弥に贈った返し歌に同様の用法がある。

草香江《くさかえ》の入江にあさる蘆鶴《あしたづ》のあなたづたづし友無しにして（四―575）

ところでカモの鳴き声は太くて悪く、とりわけ雌カモが騒がしいということである。その口やかましい雌カモが求婚するとき、雄カモはただ頸を折り、足を折っておとなしく雌のまえに立つだけだそうな。そこで夫が妻のいうままになって家庭の幸福を維持して満足しているような夫婦をカモ夫婦と呼ぶらしい。これは外国の学者の話ではあるが、カモ夫婦の生態も見方をかえれば、違った解釈ができるものだと納得したのである。

カモの種類は多い。動物学者によると上掲の歌のカモは情景描写から言ってマガモのことではないかと言われる。

36

あぢむら（味村、安治村、阿遅村）集中七首

神代《かみよ》より　生《あ》れ継《つ》ぎ来《く》れば　人多《ひとさは》に　国《くに》には満《み》ちて　あぢ群《むら》の　去来《かよひ》は行《ゆ》けど
わが恋《こ》ふる　君《きみ》にしあらねば　昼《ひる》は　日《ひ》の暮《く》るるまで　夜《よる》は　夜《よ》の明《あ》くる極《きは》み
思《おも》ひつつ　眠《い》も寝《ね》がてにと　明《あか》しつらくも　長《なが》きこの夜《よ》を

崗本天皇（四–485）

（神代の昔から生まれついで来たので、人が多く国には満ちて、あじ鴨の群のように、行き来しているけれど、私が恋しく思う君ではないので、昼は日のくれるまで、夜は夜の明けるまで、慕い続けて少しも眠れず、長い夜を明かしてしまったことですよ）

アヂの鳥名は動物事典にはない。マガモよりやや大きいトモエガモとの説もあるが、歌の解釈ではアヂガモで通っている。いつも群れをなして騒がしく鳴き立てて飛んで行くアヂガモ。

「……大勢の人たちが、アヂガモの群れが行くように騒いで行き来しているけれど、私が恋しく思う君ではないので」と作者はこの世に不在の君を求めている。問題なの

が作者だが、すでに編者によって疑問が指摘されている。ただ崗本天皇というのでは、その指すところが明らかではない。即ち舒明天皇とも斉明天皇とも解釈されると。ただし君という呼びかけ、歌の繊細さからして女性の歌であろう。そうとすれば、すでに亡き舒明天皇を、君と呼んだ斉明天皇の御歌となる。

さらにこの歌には問題がある。それは「神代より生れ継ぎ来れば…」の荘重な表現。十六句の長さという大仰な形式には、一種の儀礼的性格を想像させるものがあり、何らかの宮廷祭式歌に関係するのではないかと言われる。この長歌には二首の反歌がある。同じくアヂガモを詠んだ第一首について着目すれば。

山の端《は》にあぢ群騒《むらさわ》ぎ行くなれどわれはさぶしゑ君にしあらねば（四−486）

淡海路《あふみぢ》の鳥籠《とこ》の山なる不知哉川《いさやがは》日のころ

味　村

ごろは恋ひつつもあらむ（四－４８７）

この反歌第二首は、長歌や反歌第一首と内容的に関係がない。かといって、無関係の歌が何故に反歌となっているのかが謎である。

さて反歌一では山の端にアヂむらの騒ぐ声が聞こえる、けれど私は寂しいのですと実感を込めた歌い振りである。一方長歌のアヂむらは人々の集まりで、群集の比喩を意味し、反歌とは異なったニュアンスを持っている。長歌ではアジむらのような人々の集まり。言うなれば群衆を眺めながらの、多くの人々に囲まれての孤独感。すなわち心が通いあう相手のいない寂しさ、群集のなかに君の居ない孤独である。アヂガモは冬の鳥で、山の端は夕暮れの景色を想像させる。夕方にねぐらを求めて飛ぶ鳥の群れを眺めながら、「われはさぶしゑ君にしあらねば」の寂寥感がいっそうに深まるのである。いずれにしても斉明女帝の政治的生涯の裏に隠された孤独性が、長歌においては群集の中で、反歌においては冬景色に独りたたずむ姿において見事に表現されている。

37

たか（鷹、多可、多加）漢名　鷹、集中十二首

矢形尾《やかたを》の　鷹《たか》を手《て》に据《す》ゑ　三島野《みしまの》に　狩《か》らぬ日《ひ》まねく　月《つき》そ経《へ》にける

大伴宿祢家持（十七―4012）

（矢形尾の鷹を手において、三島野で狩りをしない日が重なってすでにひと月が過ぎてしまった）

「やかたを」とは、尾の斑（ふ）の形が軸の方から見て八文字の形（∨∨）になっている、あるいは屋形に似ているところからきた呼称らしい。三島野の地名は今残っていない。二上山（越中）の東南あたり広く展望される鷹狩りに適した平地があったと推定される。

…二上《ふたかみ》の　山飛び越えて　雲隠《がく》り　翔《かけ》り去《い》にきと……（4011）

これは「放逸《ほういつ》せる鷹を思《しの》ひて夢《いめ》に見、感悦《よろこ》びて作れる歌」の文中からの抜粋である。二上の山を飛び越えて、雲に隠れて、飛んでいってしまった鷹。いかにも口惜しい。

鷹、別名　こゐどり（木居鳥）、はやぶさ
鹿持雅澄著「萬葉集品物図絵」から

そこで家持は長文の歌をよんだ。長歌一首（105句）、短歌四首がセットになっていて、更に長い左注によって、作歌の事情と憤懣やるかたない心境がこまやかに述べられている。

家持は形容美麗な蒼鷹を捕らえて鷹狩りを楽しんでいた。白銀の鈴を取りつけ、大黒《おほくろ》と名づけるという熱の入れようである。ところが鷹匠の山田史君麻呂なるものが雨の日に、家持に無断で大黒を連れ出し、誤って逃がしてしまった。家持は君麻呂に「狂《たぶ》れたる醜《しこ》つ翁《おきな》」などと悪態をつきながら、老人が咳き込んで事情を告げるのを聞けば、致し方がないと思う。だが諦めきれないであらゆる手段をつくし、火の燃える激しさで取り戻そうとする。夢の中の少女が「戻るから」とお告げをした。目覚め、心に悦びが生じ、恨みが消えて歌を詠んだ。少女についての叙述はつぎのよう。

…ちはやぶる　神《かみ》の社《やしろ》に　照る鏡　倭文《しつ》に取り添へ　乞ひ祈《の》みて　我が待つ時に
少女らが　夢《いめ》に告ぐらく　汝が恋ふる　その秀《ほ》つ鷹は　松田江の　浜行き暮《ぐら》し
…葦鴨の　多集《すだ》く古江《ふるえ》に　一昨日《をとつい》も　昨日《きのふ》もありつ　近くあらば　今二日《ふつか》だみ
遠くあらば　七日《なぬか》のをちは　過ぎめやも　来なむ我が背子《せこ》　懇《ねもころ》に　な恋そよ
とぞ　夢《いま》に告げつる（十七―4011）

神の社に照る鏡を、幣に取り添えて、乞い祈っていた。少女の言うに、葦鴨の集まっている古江に鷹は、一昨日も昨日もおったから、早くて二日、遅くて七日以内には帰って来るからと告げる。

概略はこのようで、繊細にして大らかな歌人家持像が浮かぶ。み雪ふる越との名をもつ鄙の地ではあるけれど、越中は自然に恵まれた景勝の地。「…山高み　川とほしろし（雄大）　野を広み　草こそ繁き　鮎走る　夏の盛と…」と自然への限りのない賛美。天平十九年九月二六日の作で、赴任した翌年の歌である。京を離れた寂寥を埋めるかのように自然に没入する家持。山野を駈けめぐる鷹狩りもこよなき自然との融合の時間ではなかったか。ともあれ鷹に寄せる愛着の歌としてはこれ以上のものはない。

38

たづがね（鶴鳴、多頭我爾）　集中六首

海原《うなはら》に　霞《かすみ》たなびき　鶴《たづ》が音《ね》の　悲《かな》しき宵《よひ》は　国方《くにへ》し思《おも》ほゆ（二十―4399）

家思《いへおも》ふと　寝《い》を寝《ね》ず居《を》れば　鶴《たづ》が鳴《な》く　蘆辺《あしへ》も見《み》えず　春《はる》の霞《かすみ》に（二十―4400）

兵部少輔大伴宿祢家持《ひやうぶのせうふおほとものすくねやかもち》

（海原に霞がたなびいて、鶴の鳴き声の悲しい夜は、故郷の方が偲ばれることよ）

（家を思ふとて眠れずにいると鶴が鳴いている。その鶴の鳴いている蘆辺も見えないことだ。春の霞が立っていて）

「防人の情となりて思を陳べて作る歌一首併せて短歌二首」の短歌が上掲の歌。「鶴がね」はまず長歌の語句に出て来るので、その前後を抽出してみよう。全体は四五句からの長編をなす。

大君の　命畏み　妻別れ　悲しくはあれど　大夫の　情振《こころふ》り越《おこ》し　とり装《よそ》ひ　門出《かどで》をすれば　…中略…　蘆《あし》が散る　難波に来居て　夕潮に　船を浮けすゑ　朝

凪《なぎ》に　舳《へ》向け　漕がむと　侍候《さもら》ふと　わが居《を》る時に　春霞　島廻《しまみ》に立ちて　鶴《たづ》が音《ね》の　悲しく鳴けば　はろばろに　家を思ひ出《で》　負征箭《おひそや》の　そよと鳴るまで　嘆きつるかも　（二十―4398）

家持の防人同情歌の代表的作品である。天平勝宝七年二月八日から三月三日までのおよそ一か月ほどの間に、長歌四首、短歌十八首が詠まれていて、右のは十九日の作である。「表面的、記述的」という酷評もあるけれど、防人の心情に深く入り込み、「別れを惜しむ情」に主題を絞って、まとまりのある作品と一般的には評価されている。

鶴　　鳴

「鶴が音の悲しく鳴けば」（長歌）、「鶴が音の悲しき宵は」（反歌）、「鶴が鳴く葦辺も見えず」と、「国辺し思ほゆ」の望郷の念と響き合っている。「負征箭」は背に負った征矢のことである。戦闘用の矢のことで、狩猟のための矢は猟矢《さつや》、もしくは幸矢といわれて区別される。

大君の命畏みて、妻と別れ悲しくあれども、もののふの心を奮い起こし、防人の装いをして門出をする…（やがて）蘆の花散る難波に来て、夕潮に船を浮かべ、朝凪に舳先を向けて漕ぎ出そうと、海の様子を見て待っていると、春霞が島辺に立って、鶴の鳴く声が悲し気に聞こえてくる。はるばると家を思い起こせば、負うている矢が〝ソヨ〟と音を立てるまでに深く嘆息してしまう。

やや美意識にとらわれながら、家持は兵部少輔の資格において、はるばると東国から出て来た防人たちの苦衷を察して訴える。

当時の家持は四十歳頃で、それまでに東国へ赴いた痕跡はなく、この時に東国の防人たちとはじめて出合った。防人歌の採録が家持の職務に関わっていたか、個人的趣味で行っていたかは明確には言うことができないにしても、防人歌が単に『万葉集』を豊かにしただけでなく、筑紫への東国防人派遣が国際関係の好転も左右して、天平勝宝七年次をもって、一応打ち切られるという事実に対しても何らかの影響を与えていたと確信することができる。

39

みづとり（水鳥・水都等利・美豆等利）　集中八首

水鳥《みづとり》の　発《た》ちの急《いそ》ぎに　父母《ちちはは》に　物言《ものは》ず来《け》にて　今《いま》ぞ悔《くや》しき

上丁有度部牛麻呂《かみつよぼろうとべのうしまろ》（二十―4337）

（水鳥が飛び立つような、出立のさわぎにまぎれて、父母に別れの言葉も充分に言わずに来て、今こそ悔やまれることよ）

上丁（かみつよぼろ）の役名が付されている。よぼろとは膝の裏側のくぼんだ部分の義で、脚力を要することから二〇～六〇歳までの男子の役夫の呼称となった。ヒトヨボロは一人の人夫のことである（古語辞典）。防人歌では一般の丁には特記がなく、だから牛麻呂は上級の丁であった。また駿河にはかつて有度郡という地名があったので、その出身ということになる。駿河防人の歌群は二十首が進上されているが、採録はその半数で他は拙劣歌として排除された。水鳥の飛び立つような出発前のあわただしさ。東歌に類歌がある。

水鳥の立たむよそひに妹のらに物いはず来にて思ひかねつも（十四－3528）

この方は恋人との別れで、「よそひ」は出立の準備を意味し、水鳥が飛び立つように出立の準備に追われて、妹に物いわずに来てしまった思いに耐えかねている。防人歌に共通しているのは肉親たちへの悲別の痛恨で、防人歌と通じあう点の多い天平八年の遣新羅使人の歌群と比較すると、圧倒的に父母を詠んだ歌が多い。それは、家族の絆の強い東国人

水　鳥

の人情とも受け取れると同時に、防人の歌は「防人の窮状を具体的に訴える歌の収集」の意味を担ったものとして、特に家族との離別の悲しみを訴えているとも考えられる。兵部少輔大伴家持から、兵部卿橘奈良麻呂へ、そして左大臣橘諸兄の手を経て、朝廷に差し出されたのではないかという説がある。また、防人歌には断ち切れない離別の

痛恨がこめられている。そのような不満を秘めている歌は、「大君の命かしこみ（二十─4328）、相模国丈部人麻呂」とは対照的であって、朝廷に差し出されるような内容ではないから、提出されたとしても橘奈良麻呂まで、もしくは、せいぜいのところ橘諸兄までであったろうと言われる。防人歌の背景が推測される興味ある見解ではないだろうか。

「防人歌」の題目は巻十四「未勘国防人歌五首」のみで、他に題目はなしに巻七に一首（1265）、巻十三に二首（3344・3345）、そして大歌群が巻二十に収められている。天平勝宝七歳二月の「諸国の防人等の歌」八四首は一六六首のうちから登載されたもの。「昔年の防人歌」八首、「昔年に相替りし防人歌」一首の計九三首。これらの防人の歌に込められた庶民の声は、万葉集の裾野を広く豊かに育むこととなったのである。

水鳥は游禽類の総称。集中では主として鴨類を指している。鴨の棲息する奈良の佐紀路を歩いていると鴨ならぬアヒルに出あった。家禽となったアヒルはマガモの長年月にわたる飼育の結果である。

40　とり（鳥）　鳥の総称、集中五〇首

冬《ふゆ》ごもり　春《はる》さりくれば　鳴《な》かざりし　鳥《とり》も来鳴《きな》きぬ　咲《さ》かざりし　花《はな》も咲《さ》けど
山《やま》を茂《しげ》み　入《い》りても取《と》らず　草深《くさふか》み　取《と》りても見《み》ず　秋山《あきやま》の　木《こ》の葉《は》を見《み》ては
黄葉《もみち》をば　取《と》りてそしのふ　青《あを》きをば　置《お》きてそ嘆《なげ》く　そこし恨《うら》めし　秋山《あきやま》われは

額田王（一―16）

（冬がすぎて、春がやってくると、今までは鳴かなかった鳥も来て鳴く。咲かなかった花も咲くけれど、山が茂っているので、入って手にとれもせず、草が深いので、手折ってみることもできない。一方、秋山の木の葉を見ては、紅葉を手にとって賞味し、色づかぬ青葉を手に置いて嘆く。そんなところに恨めしさを覚えてしまう。でも秋山を、わたくしは）

総称としてのトリを、單に鳥として詠んだ歌は五十首ばかり。それも大抵は「放ち鳥」「飛ぶ鳥」、「鳴く鳥」等、その他状況に応じた修飾語の付いた特定のトリを歌っている。人間との対比で観念的に鳥を登場させるのは、憶良ぐらいであろう。ここでは花と共に春を告げるトリである。春の鳥の代表にはウグイス、ホオジロ、ヒバリ、

ツバメ、ヨブコドリ、等が万葉人にとって身近かな鳥であったようだ。四季折々に大空を飛び行く鳥の群れを眺め、渡り鳥、あるいは留鳥のいずれに関しても、人々の喜怒哀楽の心情を重ねて、様々の角度から歌を詠んでいる。

上掲の歌は多くの人々になじみ深い額田王の長歌で反歌がない。天皇が内大臣藤原朝臣（鎌足）に詔して、春山の万花の艶《にほひ》と、秋山の千葉の彩《いろどり》とを競はしめたまふ時に額田王の、歌を以ちて判《ことわ》れる歌」と、題詞は説明する。天智天皇は称制六年に都を近江に移し、翌六六八年に即位された。

鳥

近江の大津京では、しきりに詩宴が開かれて、特に漢風教養がもてはやされた。天皇の要請に対して大宮人たちは、それぞれに漢詩をもって春秋競憐について応えたにちがいない。ただし同席の額田王は、和歌をもって判定したのである。それは個性的な振る舞いで、ひときわ艶やかに人目をひいたことであろう。
この時額田王は即興詩人であった。その場の雰囲気に合わせて歌う。リズミカルに言葉が流れて、人々の関心を誘う。春山を愛でながらもそれを否定し、秋山の黄葉をしのびながら青きを嘆く、「そこし恨めし」と迷いつつも「秋山われは」で結べば、満座の喝采を受けたことであろう。この華やぎはまさに春の酒宴にふさわしい。「冬ごもり春さり来れば」とこの季節の推移を告げる万葉歌の常套句には、厳しい冬の季節から、萌えいずる春を待ち望む人々の切実な願いが込められている。鳴く鳥の歌を一首付加しておこう。

佐保渡り吾家《わぎへ》の上に鳴く鳥の声なつかしき愛《は》しき妻《つま》の児《こ》（四-663）

作者は安都宿祢年足《あとのすくねとしたり》、伝未詳。おそらく佐保に家があって、旅からの帰郷の途上にでも詠んだ歌ではないであろうか。

41
とり（鳥）鳥類の総称、集中五〇首

慰《なぐさ》むる　心《こころ》は無《な》しに　雲隠《くもがく》り　鳴《な》き行《ゆ》く鳥《とり》の　哭《ね》のみし泣かゆ

山上憶良《やまのうへのおくら》（五—898）

（どのようにも心を慰める術がない。雲間の彼方に隠れ飛んで行く鳥のように、ただ声をあげて鳴くばかりである）

苦しい歌である。

「老いたる身の重き病に年を経て辛苦《たしな》み、及《また》児等を思ふ歌七首（長歌一首　短六首）」のうちの、長歌に対する短歌の一首、人間苦の歌である。そもそもこの世は楽しいことよりも、耐えねばならない苦しみのほうが多い。ではここでの辛苦は何であるのか。長歌の内容に触れれば—この世に生きている限り、安らかで平らかでありたいものを、人間世界には憂きこと、辛いことが多い。それはあたかも痛む傷に辛い塩を注ぐようなもの、または重い荷を背負うた馬に、更に上荷をつけるようなもの、というこの比喩があるが、これは痛烈である。以下後半を引用することにしたい。

鳥

…老いにてある　我が身の上に　病をと
加へてあれば　昼はも　嘆かひ暮らし
夜はも　息づき明かし　年長く　病みし
渡れば　月かさね　憂ひさまよい　こと
ことは　死ななと思へど　五月《さ》蠅《ばえ》なす
騒《さわ》く児《こ》どもを　打《う》棄《つ》てては　死《しに》は知らず
見つつあれば　心は燃《も》えぬ　かにかくに
思いわづらひ　哭《ね》のみし泣かゆ（五－897）」

老いに病が重なり、昼夜嘆き暮らし、年ながく病の身であった。月を重ね、憂いさまよっていて、このような有様なので、いっそのこと死んでしまいたいと思うほどであるが、騒ぐ子等を後に捨てて死ぬことは出来ず、生きなければという思いに駆られ、「心は燃えぬ」とはいうもの、されどいろいろに思い煩ってただ泣くばかり。

天平五年六月三日の作で、憶良は筑前より帰京していて七四歳の死の直前。老いと病、その上迫りくる死への予感と戦いながら、子等を思えば「心は燃えぬ」と絶叫する。これが憶良の個人体験に根差すものか、普遍的に襲う避けることのできない人間苦を歌ったものか、おそらくその両者であろうが、老・病・死は生あるものの不可避の条件である。但しその限界に直面してどのような態度、願望を持つのかは個性的な出来事であろう。人間苦の極限にありながらなお人間愛を根底に秘めているところが、憶良の歌の魅力であり、輝きである。更に詩歌の領域を超えて思想的課題を投げかけているものと、いうことができる。

総称の鳥を詠んだ歌が集中五十首ばかりある。鳴く鳥、放ち鳥、飛ぶ鳥といった分類化されない鳥たちである。特に憶良の場合は、象徴的に自由に大空を舞う鳥が人間苦の現実性と対照的に比較されている。鳥のごとく空を飛ぶ飛行物体が発明されたからといって、問題が片付くような意味においてでないことは確かである。

42

とり（鳥）（鳥と花）

うつたへに　鳥《とり》は喫《は》まねど　縄延《しめは》えて　守《も》らまく欲《ほ》しき　梅の花かも

作者不明（十－1858）

（むやみに鳥が食べるというのではないけれど、縄を張って守りたく思う梅の花であることよ）

春は花と鳥の季節。

三月の中頃にはまだ梅花の香が残っている。山道を歩くと緑の木立に囲まれて白梅が花のいのちを惜しむかのように、辛うじて親木にしがみついている。僅かに枝を揺ぶっても花弁がパラリとこぼれ落ちそう。これに比較すれば紅梅は鮮やかに咲き、まだ蕾の枝さえ見える。

集中に梅の花を詠んだ歌は一一九首。だがその殆どは白梅（野梅）である。そして梅の花に来て鳴くのは鶯。梅と鶯は春の訪れを告げる花鳥の組み合わせの典型である。桜花の歌は四二首あるが、鳥との組み合わせがない。上掲の歌は鶯ではなく鳥が詠まれていて、単純に春を告げる歌とも言えない寓意がありそうだ。むやみに鳥が食べるというのではないが、標を張って守りたい梅の花とは「愛する女性」のことのようである。このような例外的な用法はただこの一首のみである（鶯と梅）。

花は季節の移り変わりに従って咲き、渡り鳥は季節の流れに乗って飛びまわる。この時間の流れのなかでの鳥と花との出会い。鳥は花の蜜を求めて花芯に近づき、花は鳥によってそのいのちが運ばれて、仲間を増やし、繁栄する。この自然の恵みにおける花と鳥の奇しき出会い。この出会いを二、三捉えてみれば、夏の渡り鳥ホトトギスは花橘、卯の花、藤の花を訪れる（ホトトギスと夏の花々）。

山の辺の道

卯の花の共にし鳴けばほととぎすいやめずらしも名告《の》り鳴くなへ（十八−4091）

大伴家持の作。卯の花が咲くのと共に、自分の名を名告って鳴くので、一層に珍重せられることだよ。その鳴き声は「ホットントギス」。

秋の空を飛んでくるのは雁である。萩の花が咲き、紅葉の頃に飛来するのではあるが、越冬するので冬鳥。鳴き声がカリ、カリと聞こえる。これもまた自己の名前を連呼しながら空を渡って行く。

葦辺《あしへ》なる荻《をぎ》の葉さやぎ秋風の吹き来《く》るなへに雁鳴き渡る（十－２１３４）

雁を詠むという題の、作者年代不明の歌。葦辺に生えた荻の葉がさやさやとそよぎ、秋風が吹いてくるにつれて雁が鳴き渡り行く。

雁来れば萩は散りぬとさ男鹿の鳴くなる声もうらぶれにけり（十－２１４４）

雁がくれば、萩の花は散って萩の季節も終わってしまったのだと男鹿の鳴く声もわびしくうらぶれているよ。秋雑歌、鹿鳴を詠める歌で作者年代不明。鹿は萩の花の咲く頃に交尾期に入り、雁の飛来する頃には花は散っていて、十月中旬以後の歌。「家離り旅にしあれば秋風の寒き夕に雁鳴きわたる（七－１１６１）」（雁と萩と荻）。

43

おほとり（大鳥）漢名　鸛、集中一首

うつせみと　思《おも》ひし時《とき》に　たづさへて　吾《わ》が二人見《ふたりみ》し　走出《はしりで》の　堤《つつみ》に立《た》てる　槻《つき》の木《き》の　………中略………　嘆《なげ》けども　せむすべ知《し》らに　恋《こ》ふれども　逢《あ》ふ因《よし》を無《な》み　大鳥《おほとり》の　羽易《はがい》の山《やま》に　わが恋《こ》ふる　妹《いも》は座《いま》すと　人《ひと》の言《い》へば　石根《いはね》さくみて　なづみ来《こ》し　吉《よ》けくもそなき　うつせみと　思《おも》ひし妹《いも》が　玉《たま》かぎる　ほのかにだにも　見《み》えぬ思《おも》へば

柿本朝臣人麻呂（二—210）

（この世の人と思っていた時に、手を携えて私たち二人は見た。門前の堤に立っている槻の木の……嘆いてもどうしてよいかもわからず、恋しく思っても逢う手だても無いので、羽易の山に恋しい妻がいると人の言うままに、岩根を踏み分けて苦労してやって来たのに、そのかいもないことだ。この世の人と思っていた妻が玉のゆらぐ、ほのかさの中にさえも、見えないことを思うと）

大鳥は文字通り大型の鳥たちの総称である。

ここでは大鳥が羽易山の枕詞となっている。羽易山について「呼子鳥」の個所で触

衾道より竜王山をのぞむ

れたのは「春日なる羽易山（十—１８２７）」であった。人麻呂の場合には春日の山でないことが分かる。というのは人麻呂は泊瀬、三輪の山の辺のあたりに住んでいたようなので、その妻の墓が春日にあるということは不自然だからである。また反歌に見える引手山は、三輪山の北にある龍王山のこととせられている。東の山の稜線を西の方から眺望すると、三輪山を鳥の頭と胸として、両側に続く龍王山と巻向山があたかも両翼をなしているかのように背後に広がっていて、大鳥の羽易のイメージに相応しい景観となる（沢瀉）が、見る角度で変わる。

「柿本朝臣人麻呂、妻死《つまみまか》りし後に泣血《いさ》ち哀慟《かなし》みて作れる歌二首、併せて短歌」の詞書によれば、人麻呂は愛妻を喪い、たとえようもなく悲しみに打ち沈んでいる。妻の亡骸《なきがら》は山の辺の衾道《ふすまぢ》を行ったところの山の奥に葬られているのか。挽歌がそれを告げている。

去年《こぞ》見てし秋の月夜《つくよ》は照らせどもあひ見し妹はいや年さかる（二―211）

衾道《ふすまぢ》を引手《ひきて》の山に妹を置きて山路《やまぢ》を行けば生《い》けりともなし（二―212）

これは挽歌二首のうちの第二の長歌に続く短歌二首である。

去年共に見た秋の月夜は照り輝いてはいるけれども、月を共に見た妻は既になく、いよいよ年月も遠ざかっていってしまうと、嘆く人麻呂の姿が衾道にある。衾道の引き手の山に妻を置き、生きた心地もなく、山路をとぼとぼ歩く人麻呂の頼りない足取り。衾道は『新撰字鏡』にも『和名抄』にも「布須万」とあって、「引く」に続く枕詞なのか、地名なのかが分からず、両説がある。『諸陵式』に「衾田墓」との記載があって、継体帝の手白香皇女の御陵が山の辺にあるので、現在はそのあたり、すなわち天理市の南部龍王山の麓のあたりということになっている。

龍王山の麓から三輪山に抜ける山の辺の道を歩いてみるならば、今も尚、人麻呂の道が偲ばれるような古道が、かすかながらに残っていて、懐かしい風景を眺めることができる。

44　かも（鴨・可母・可毛）漢名　鴨・鳧・水鳧・野鴨、集中二六首

葦辺《あしべ》ゆく　鴨の羽交《はがひ》に　霜降《しもふ》りて　寒《さむ》き夕《ゆふ》べは　大和《やまと》し思《おも》ほゆ

志貴皇子《しきのみこ》（1－64）

（葦辺を泳ぐ鴨の羽交に霜が降り、寒さの身に沁みる寒い夕べには、あたたかいわが家のある大和が思われるよ）

カモといえばまずは、ほほえましきカルガモ一家の引っ越しの構図が目に浮かぶ。親ガモを先頭にして後に続く子ガモたちのたよりない足どり。気忙しいクルマ族もこの時ばかりは立ち往生の状態で一家の移動完了を待たねばならない。カルガモ一家はアスファルト路上をマイペースで渡る（田舎道風景のテレビ画面にあった）。

カモ類は大抵は冬鳥で、北地で繁殖し、秋に南方に渡り、湖沼、河海などで群棲し、春再び北に帰る。日本ではカルガモだけが留鳥で、各地の河岸や湖畔の葦の間で雛を育てる。鴨の種類は多いが、上掲の歌は内容から考えると、ヨシガモかアシガモであろうか。

作者の志貴皇子は天智天皇の皇子であって藤原京時代には、政治的表面に出て立つよりは詩人として生きることに終始したようだ。慶雲三年（七〇六）九月二五日、難波に行幸された文武天皇は十月十二日に藤原京に還宮されたと『続紀』にある。

その行幸に従駕した時の歌が「葦辺行く鴨」の歌である。「寒き夕べは大和し思ほゆ」と頻りに大和を恋しがっている。鴨の翼に白い霜が降りている光景はいかにも寒々としているが、夕方には霜は降らないから観念的に詠まれているのだという説がある。確かにそうだが、この歌には人影が無く孤独感がにじみ出ている。

鴨、別名　かもとり

この時従駕を共にした天武天皇の皇子の長皇子の歌は、宴席の賑やかさを彷彿とさせる「住吉の弟《おと》日《ひ》娘《をとめ》と見れども飽かぬかも（一-65）」を詠んで全く陽気。だがこの二人は大の仲良しなのである。

カモは鳥綱ガンカモ目で、ガンカモ科中の淡水鴨、海鴨、秋沙、それから筑紫鴨、琉球鴨の類に属する鴨類の総称（東光治）。更に、鴨は四種ありとして、最大のを「まがも」とし、次を「ひどり」として、その次を「あぢ」となし、最小が「たかべ」と呼ばれる。あぢ、たかべは歌に詠まれている。「あいさ」は「あきさ」の呼称で詠まれている。カモの語源は定かではないが、クワッ、クワッというマガモの鳴き声に由来するのであろうといわれる。歌のイメージでは雁の季節感の豊かさに比較すると、鴨の場合には渡り鳥でありながら、その点が乏しいのは何故か。その理由は、カルガモのような留鳥によって、または雁の激しい鳴き声によって、季節の存在感のアピールがかき消されるからではないか言われる。

さて万葉歌で、鴨の鳴き声が最も悲しく、激しく響くのは、大津皇子による自傷の挽歌である。

「大津皇子の被死《みまか》らしめらえし時に、磐余《いはれ》の池の般《つつみ》にして涕《なみだ》を流して作りませる御歌一首」の詞書にも悲哀が込められている。

百伝《ももづた》ふ磐余《いはれ》の池に鳴く鴨《かも》を今日《けふ》のみ見てや雲隠《くもかく》りなむ（三―416）

45

もちどり（百智騰利）集中二首

父母《ちちはは》を　見《み》れば尊《たふと》し　妻子《めこ》見《み》れば　めぐし愛《うつく》し　世《よ》の中《なか》は　かくぞ道理《ことわり》　黐鳥《もちどり》の　かからはしもよ　行方《ゆくへ》知《し》らねば…中略…　かにかくに　欲《ほ》しきまにまに　然《しか》にはあらじか

筑前国守　山上憶良《やまのうへおくら》（五−800）

（父母をみれば尊い。妻子見るといとしく、かわいくいとしい。世の中はこうあるのが道理である。黐にかかった鳥のように、互いにかかわりあうべきものだ。どのようになるのかもわからないのだから。……あれこれ思いのままにするのもよいが、私のいう通りではないであろうか）

筑前の国守であった山上憶良が、神亀五年（728）七月二一日管轄下を視察する途中で、嘉摩郡《かまのこほり》において選定した三部作のうちの第一作である。「惑《まど》へる情《こころ》を反《かえ》さしむる歌」とあって、序文と反歌一首が付随している。本文は三一句からなる堂々とした長歌で一言もゆるがせにできない思想歌であるが、ここでは「黐鳥」の情に焦点化しておくことにする。

百智騰利

「黐鳥」は文字通りモチにひっかかった鳥のことで「かからはしもよ」の枕詞となっている。「かからはしもよ」については、「あることに拘泥していて煩わしいこと」（古義）のように解釈されていたのに対して、そうではなく「かかわるべくあり」の意味で、「互いにかかわり合いたいことだ」（沢瀉）と解釈される。なぜなら家族の絆といえども「行方知らねば」、すなわち何時かは離散するものとすれば、生ある限り相互にかかわりあうべきだと言うのである。穴あき靴でも脱ぎ捨てるように、脱ぎ捨てて行ってしまう人があるとすれば、その人は石木から生まれた非情の人なのだろうかと、憶良は問いかける。

「父母を見れば尊く、妻子を見れば胸が痛むほどに可愛い」、これが世間の道理というもの。この情はモチにかかった鳥のように離れがたいものなのだ。「いづくより来たりしものそ」というこの理屈ぬきの不可思議な心情は、儒教倫理の表明という以前に、憶良の骨肉に対する愛情の深さと、また筑前の国守として所轄管内を巡りながら見聞した庶民の生活体験に根差すものであったのだろう。

「いかるが」の項で触れたように、万葉時代には囮や、とり黐を使って、鳥を誘い捕獲したそうで、黐にかかったのが黐鳥といえば、古歌謠にある囮鳥となったシメとイカルガは、逆に鳥を誘う「黐鳥」ということになるのではないか。そこで東光浩氏の見解では「もちどり」の歌となり、憶良の「黐鳥のかからはしもよ」と「古歌謡の囮鳥の二例が挙げられる。古歌謡の黐鳥については、すでに「いかるが」で扱ったので、ここで少し補足してみよう。

憶良による「黐鳥」は、骨肉の情についての象徴である。憶良は「子らを思へる歌一首（802）」の序文に、釈迦如来の金口《こんく》に正に説《と》きたまはく「等しく衆生《しゅじょう》を思うことは、羅睺羅《らごら》の如し……況《いは》むや世間《よのなか》の蒼生《あをひとくさ》の、誰か子を愛《うつくし》びざらめや」と言っている。この世間蒼生の情を「古歌謡の囮鳥」に適応してみると、シメとイカルガは、母や父を虜にする黐鳥ということになろうか。

46

う（鵜・水鳥・宇）漢名　鵜、集中十六首

阿倍《あべ》の島《しま》　鵜《う》の住《す》む礒《いそ》に　寄《よ》する波《なみ》　間《ま》なくこのころ　大和《やまと》し思《おも》ほゆ

山部宿祢《やまべのすくね》赤人《あかひと》（三–359）

（阿倍の島の鵜の住む礒に寄せる波の間がないように、絶えずこの頃は、故郷の大和が思われてならない）

この頃しきりに大和のことが恋しく思われてならないと言う。始めの三句は序詞であるが、「阿倍の島、鵜の住む礒」という阿倍の地名が入っている。何処をさしているか。諸説があるが、赤人の歌に難波の浦、武庫の浦がでて来るので、これは大阪の阿倍野付近のことではないか推定される。当時このあたりはまだ海であった。

鵜は鴨より少し大きい黒い水鳥である。嘴が細長く四本の肢の間に大きな蹼《みずかき》がある。世界各地の海岸、または海に近い湖沼の岩や枯木の上に群棲し魚を補食する。日本に棲むのは殆どがウミウ、カワウ、ヒメウということである。長良川や宇治川などで鵜飼に使用されるのはカワウよりも僅かに大きいウミウであるとのこと。万葉時代には吉野でも鵜飼が行われていて「鵜川を立ち（一–38）」の歌ある。

鵜川を詠む歌がその他に四首。「…清き瀬ごとに　鵜川立ち　か行きかく行き…（十七―3991）」、これは「布勢《ふせ》の水海《みづうみ》」とあって、富山県氷見市にあった大きな湖水を詠む長歌。次に「…八十伴の男は鵜川立ちけり（十七―4023）」があり、これは富山県の「婦負川《めひがわ》」の歌。また「…鵜河立たさね情慰《こころなぐさ》に（十九―4190）」「鵜河立ち取らさむ鮎の其《し》が鰭《はた》…（十九―4191）」、この二首は同じ場所「叔羅川《しくらかわ》」の歌。福井県の武生市を流れる川で、現在の日野川ということである。

鵜、別名　しまつどり

　以上の四首は、すべて家持の歌で後の二首は特に越前判官であった大伴池主に贈ったもの。春三月に出挙の政務のために旧江《ふるえ》村に行った時に、辟田《さきた》川で「鵜を潜《かづ》くる歌」として鵜飼のことを詠んでいる。長歌において鵜飼の者と篝火を燃やす情景を詠んだ後の反歌、

年毎《としのは》に鮎《あゆ》し走らば辟田川《さきたがわ》鵜八頭《うやつ》潜《かづ》けて川瀬

尋《たづ》ねむ（十九―4158）

毎年、鮎が走る頃になったならば、辟田川に鵜を幾つも潜らせて河瀬をたずねて（鮎）を求めることにしよう、と。

このように調べてみると、結局のところ鵜についての興味は赤人と家持に集中してくる。但し吉野宮滝の鵜川は別として、鵜飼を詠んだのは家持である。鵜飼は各地の河川で行われていたと推定されるが、赤人のほうは鵜の島廻りに対する主観的情緒が主となている。赤人について上記の歌以外にも辛荷の島（播磨国室津の沖）を過ぎる時の望郷の長歌に対する反歌において、島を廻り飛ぶ鵜であっても、家を思わないことがあろうか。ましてや人である私はなおさらに家を思はずにはいられませんよ。

玉藻刈る辛荷《からに》の島に島廻《み》する鵜にしもあれや家思はざらむ（六―943）

47 からす（烏・可良須）漢名　烏・鴉・慈烏、集中四首

暁《あかとき》と　夜烏鳴《よがらすな》けど　この山上《をか》の　木末《こぬれ》の上《うへ》は　いまだ静《しづ》けし

作者不明（七－1263）

（もう暁だといって夜明けの烏は鳴くけれども、この峰の梢の上はまだ静かですよ）

烏は人里付近に多く住み、野鳥では最も早起きとのこと。早朝に烏が鳴き始めると、間もなく真紅に燃える太陽が姿を現すという情景描写があったが、そのような感動的場面に出合ったことのないのが残念である。むしろ近時烏については悪いイメージの方が多く、人間たちによってあまり歓迎されてはいない。発達した嗅覚で凶事（死）を予告するとか、種を蒔いたら穿《ほじ》くるとか言われるが、本来は賢い動物であって、数を三つまで数えることができるという話を何かの本で読んだ記憶がある。東光治氏の紹介によればある少年が烏を飼っていた。よく懐いていて、朝の登校時には空から送って行き、授業中は付近で飛び回り、午後には一緒に帰ったそうである。

夜烏に対して朝烏の言葉がある。とはいえ夜にはほとんど鳴かないそうだから夜烏

烏、別名　かしましどり

というのは夜半のカラスではなく、まだ薄暗く、夜の明けない間に鳴くのでこのように呼ばれたものか。

上掲の歌はまだ世間の人々が寝静まっている早朝に家を出て、旅立った人が詠んだのであろう。未明の静寂を破るカラスの鳴き声が丘の梢を越えて彼方へと消えて行く気配がする。

「冬過ぎて春来るらし朝日さす春日の山に霞たなびく」（十-1844）の第三句の「朝日さす」の万葉仮名が「朝烏指」となっている。

この烏は「金烏」の意である。カラスは日の出に先立って鳴き、朝には旭に向かって飛び、夕には夕日に向かって塒《ねぐら》に帰るので、太陽に縁の深い鳥とされていたのである。

夜烏に対して朝烏がいる。

朝からす早くな鳴きそ吾が背子が朝明《あさけ》の姿《すがた》見れば悲しも（十二‐3095）

朝烏よ早く鳴くなよ。わが夫が夜明に起きて帰っていかれる姿をみるのは悲しいではないか。またおもしろい歌がある。

鴉《からす》とふ大軽率鳥《おほをそどり》の真実《まさで》にも来《き》まさぬ君を児ろ来《く》とそ鳴く（十四‐3521）

烏という大あわて者が、本当においでにもならないわが君を「児ろ来」（君がおいでになった）といって鳴くよ。烏の鳴き声を「コロク」と聞いて「児ろ来」と解した。そういわれれば夜明けに鳴くカラスは、そのように聞こえないでもない。何と作者は来ぬ君を待ちかねてカラスに八つ当たり。すっかりそそつかしやの烏にさせられて、カラスこそいい迷惑というものであろう。

48

かけ（鶏・可鶏）漢名　鶏、集中十九首

暁《あかとき》と　鶏《かけ》は鳴《な》くなり　よしゑやし　独《ひと》り寝《ぬ》る夜《よ》は　明《あ》けば明《あ》けぬとも

作者未詳（十一－２８００）

（暁だと言って鶏が鳴くよ。えいままよ、ひとり寝ている夜は明けるなら明けてしまおうとも）

もう暁だよ、と鶏が鳴く。

よしえやし、かまうものか。独りぼっちの夜は、えい、ままよ、明けるなら明けたってよいわと、作者はいささか鶏に八つ当たりしている。

「かけ」は、ニワトリの古名であって、その鳴き声に由来する擬声語である。神楽歌にも「庭つ鳥は、加介呂と、鳴きぬなり、起きよ起きよ、わがひとよつま　人もこそ見れ」。

今であれば鶏の鳴き声は「コケコッコー」であるけれど、万葉人には「カケ、カケ」もしくは「カケロー」と聞こえたらしい。

古代人にとって夜は、魔物が横行する不気味な時であった。それは夜間の猛獣毒蛇

の活躍に対する恐れからもきているが、それだけに夜明けを待ちのぞむ心が強かったにちがいない。真っ先に暁を告げてくれる鶏は貴重な存在であった。

中国では聖樹の頂上に天鶏がいて、日の出と共に鳴き、それに群鶏が従ったとの伝説がある。日本でも神代の昔、天照大神の岩戸隠れ神話で第一に活躍したのが長鳴鳥。思兼神《おもいかねのかみ》の発議によって、常世の長鳴鳥を集めて来て、岩戸の前で鳴かせた。常世とは常夜であって周囲は暗闇。その時最初に鳴くのは鶏である。発声の語尾を特に長く引っぱるので長鳴鳥という。

鶏、別名　にはつとり、いへつとり

万葉時代の鶏は、肉用卵用は第二義であって、主として「暁の報知用」として家の庭で放ち飼いにされたので「にはつとり」、「いへつとり」の別名がある。天武四年には鶏の食用が禁止された程である。昔の鶏は定刻に鳴き声を発した。普通には丑の刻（午前二時）に一番鶏が鳴き、寅の刻（午前四時）に二番鶏が鳴くので、当時の人たちは、鶏の鳴き声を聞いて朝の行動を開始した。ところで今日、養鶏所で飼育されているのは卵を産み、肉を提供する雌鶏ばかりである。威勢のよい暁を告げる雄鶏の声が聞かれないのも道理といえばそうであるけれど、少しはさみしい。ところで大和の山の辺の道を歩いていると、何処からともなく威勢のよい雄鶏の鳴き声が聞こえてくる。行ってみると、それは石上神宮の境内に放ち飼いされた鶏たち。この鶏たちは盛んに樹上の枝にも飛び上がっている。遠い昔の鶏は木の枝を枝から枝に飛び移ることができたらしいが、万葉に鶏が飛ぶ歌はないのも、既に家禽化されて飛ばなくなっていたからかも知れない。

里中に鳴くなるかけの呼び立てていたくは鳴かぬ隠妻《こもりづま》はも（十一―2803）

里中で鳴く鶏が呼びたてるように、はげしく泣いて人目につくようなことをしない隠れ妻は、どうしていることだろうか。これによっても当時の里中の家々には鶏が多く飼われていたことがわかる。作者年代不明の歌である。

49

わし（鷲・和之）漢名　鷲、集中三首

渋谿《しぶたに》の　二上山《ふたかみやま》に　鷲《わし》そ子産《こむ》とふ　翳《さしは》にも君《きみ》がみために　鷲《わし》そ子産《こむ》とふ

作者不明（十六―３８８２）

（渋谷の二上山で鷲が子を産むという。翳になりと使って下さいと、君の御ために鷲が子を産むというよ）

鷲は鳥のなかの鳥である。したがって神話や象徴性を多く持っているので、その点を少し拾っておこう。

ギリシャ神話の中で鷲はゼウスの象徴となり、時にはゼウス自身が鷲に変身して望みを遂げる。また鷲は太陽の鳥で、火を運ぶ。だから、ゼウスから火を盗み、コーカサス山麓で、鎖に繋がれたプロメテウスの肝を啄む役を鷲は演じ、火を盗んだ者を罰した。また地方によっては、鷲は光を運ぶ鳥と見做され、権力者の栄光を飾る建築物の頂上を飾ったのである。

この勝利の象徴としての鷲はやがて、双頭の鷲になる。J・P・バイヤールによれば「この双頭の鷲は二つ顔をもって過去と未来、人間の内と外を同時に見る」という

意味が基本にあるらしい。ところで時には悪魔の象徴ともなる鷲。要するに鷲の精悍な逞しさが人間の想像性をかぎりなく刺激したのであろう。

日本においても神話に鷲の名を持つ神がいる。『日本書紀』巻第二に「天日鷲神《あめのひわしのかみ》を作木綿者《ゆふつくり》とす」とあって木綿製作者の役を担う。天児屋根命が神事をつかさどる宗源《もと》者である。その他『古事記』中巻、『神巧皇后紀』など、または地名にも多く使用されている。東大寺の良弁杉の仏教説話の鷲、その他、物語には尽きるところがないといえる。

集中では三首の歌がある。他の二首は筑波山の鷲。上掲歌は渋谷の二上山の鷲を詠んでいる。二上山は富山県高岡市の西部にあり頂上が二つに分かれて、古くから崇拝せられていた。歌のなかの言葉の翳《さしは》は扇状のものに長い柄をつけて貴人にさしかけたもの。それに鷲の羽が使われ、また鷲の産卵を見るのは当時瑞兆を意味した。

筑波山には鷲がいたのであるか、「鷲の住む　筑波の山の…（九－1759）」と続い

鷲、別名　おほわし
鹿持雅澄「萬葉集品物図絵」から

ている。これは古代の「かがひ」、すなわち「うたがき」の長歌になっている。若い男女が集まってこの日は遠慮なくお互いの恋の思いを告白した。もう一首のほうは、思いが実現しないのを嘆いている。

筑波嶺にかか鳴く鷲の音《ね》のみをかなき渡りなむ逢ふことなしに（十四―３３９０）

筑波嶺でかかと鳴く鷲のように、泣きに泣きながら渡りゆくばかりであろうか、逢うこともなくして、という切ない歌である。すなわち、築波嶺を鳴き渡って行く音のみが聞こえて姿の見えない鷲のことを、逢おうとはしない恋人に例えて悔しがっている。深い木立の間にいると、姿の見えない鳥の鳴き声のみを聞くことがある。

常陸国の相聞往来の歌十首（３３８８～３３９７）のなかに含まれている。

鳴き声ばかりで姿のみえない恋の相手に対する嘆きが「かかなく鷲の音」の歌とすれば、木の間から飛び立つ鳥のように噂の高い女との恋に苛立つのが、次の歌。

小筑波《をづくは》の繁き木の間《こま》よ立つ鳥の目ゆか汝を見むさ寝ざらなくに（十四―３３９６）

哺乳類

50　あかごま（赤駒・阿迦胡麻・安可胡麻・安可故麻）集中十一首

赤駒《あかごま》を　山野《やまの》に放《はが》し　捕《と》りかにて　多摩《たま》の横山《よこやま》　徒歩《かし》ゆか遣《や》らむ
宇遅部黒女《うぢべのくろめ》（二十―４４１７）

（赤駒を山野に放牧していて捕らえられず、多摩の横山を徒歩で行かせてしまうのであろうか）

作者は武蔵国の防人の上丁椋椅部荒虫《かみつよぼろくらはしべあらむし》の妻で、黒女と呼ばれている。防人には馬に乗ることが許されていた。であるのに山野に放牧されている馬を捕りかねて、多摩の横山を徒歩《とほ》で行かせることになるのかしらと、黒女は嘆息している。当時は野生の馬を飼い慣らして、乗馬用にしたのであろう。

「捕りかにて」は「捕りかねて」の東国方言で、「ネ」が「ニ」と訛って発音される。多摩の横山は多摩川南岸の山なみ（岩波万葉頭注）のことで、荒い山路を徒歩で行くのは、さぞや大変な苦労であろうと、妻はひたすらに夫の旅の無事を祈るばかりである。

防人歌のほとんどが防人自身の歌である。なかにはその父の作った歌（４３４７）、

赤　駒

その妻の作った歌（武蔵国に六首）、いわゆる家族の歌が含まれている。父の歌は上総国からのである。

家にして恋ひつつあらずは汝《な》が佩《は》ける大《た》刀《ち》になりても齋《いは》ひてしかも（二十—4347）

家に残って恋い慕っているよりは、お前が帯びた太刀になって守ってやりたいよ、などと言って何時までも心配する父親がいる。武蔵国に集中している妻たちの歌にはいずれも素朴な愛情があふれている

草枕旅の丸寝《まるね》の紐《ひも》絶《た》えばあが手と着けろこれの針《はる》持《も》し（二十—4420）

椋椅部弟女《くらはしべのおとめ》の作で、旅の丸寝の紐が切れたなら、私の手と思って着けてください、と、針を渡す。男も針も持って旅をしたのか。

わが背《せ》なを筑紫へ遣《や》りてうつくしみ帯は解かななあやにかも寝も（二十―4422）

妻、服部呰女《はとりべあさめ》の作。「あやにかも寝も」は奇妙な格好で寝ることかなあ、と。東国の壮丁《そうてい》は徴集されて三年間、壱岐・対馬・北九州の守備に当った。この三年は途中の日程は入っていないから、まる三年の長い役目。

闇《やみ》の夜の行く先知らず行くわれを何時《いつ》来まさむと問ひし児らはも（二十―4436）

闇の夜のように、行く先もわからず旅立って行く私に、いつお帰りですかと聞いていたあの子は、どうしているかなア。

これは「昔年《さきつとし》に相替《あひかは》りし防人の歌一首」とあるので、難波津で筑紫へ行くのとは逆に帰路についている者の歌であろう。作者は無事に故郷に辿りついたであろうか。作者不明の歌。これが防人歌の最後になっている。

51

いぬ（犬・伊奴）漢名　犬・狗、集中四首

赤駒《あかごま》を　厩《うまや》に立《た》て　黒駒《くろこま》を　厩《うまや》に立《た》てて　其《そ》を飼《か》ひ　わが行《ゆ》くが如《ごと》　思《おも》ひ妻《つま》
心《こころ》に乗《の》りて　高山《たかやま》の　峯《みね》のたをりに　射目《いめ》立《た》てて　しし待《ま》つが如《ごと》　とこしくに
わが待《ま》つ君《きみ》を　犬《いぬ》な吠《ほ》えそね

作者年代不明（十三―３２７８）

（赤駒を厩に立たせ、黒駒を厩に立たせて、それを飼ひ、その馬に乗って自分は行くように、私の思う妻が私の心に乗っている。高山の峰のくぼみ（たをり）に射目（狙い場所）を設けて、猪や鹿を待つように、いつまでも変わらずに（とこしくに）私が待つ君を、犬よ吠えないでくれよ）

犬は最も古い家畜の一種。しかし万葉歌のなかではあまり登場してはおらず、むしろ戯書として面白い用法がある。右の歌は番犬のことで昼の間は寝てばかりいて、夜になると家のまわりを徘徊し、怪しい何者かが近付くと盛んに吠え立て家主を守る。この吠犬としての歴史は古く、既に神々の物語に隼人氏に関連して現れる。その遺風が後世に伝わり、イヌはものの気を退け魔を避けるといわれ、小児を守るのに犬箱、

別名　ゑぬ、ゑのこ、日本犬

犬張子が置かれる風習まで生んだのである。

この歌の解釈は種々あるが、初六句は、思妻心乗而の序詞で、高山の、から以下は、山頂のくぼみに射目（狩人の獲物を射る場所）を設けてシシを待つように、私を待つ君、その君をイヌよ吠えるではないよ、と犬に「左様心得よ」とばかりに説得をしている作者の顔がある。

この作者は女性か、男性か。相手を君というから後半は女性になるが、思い妻が私の心に乗っているという前半は男性の言葉で、要するに前後合わせて統一的に一首と見做すことはむつかしい。すなわちこの作は上八句と下七句による男女のかけあいの歌になっている。馬に乗って行くのは男性。自分が馬に乗っているように、既に恋妻の心は私の心のなかに乗っている。一方の私は、射目を立てて獲物を狙う猟人のように待ち続けているので、これは女性でなくてはならない。射目とは柴などを立て、射手が隠れて猪や鹿などの獲物を狙う設備（古語辞典）のこと。これは待つ側の様子を述べている。「とこしくに」の万葉仮名が「床敷而」となっているので代匠記が「トコシキテト読ムベシ」と注釈している。「露骨な表現は民謡ではなく、個人製作としても用いがたい（私注）」の見解があって「いつまでも」と解する。このほうが適切であろう。続く反歌。

葦垣《あしかき》の末かき別けて君超《こ》ゆと人にな告げそ事はたな知れ（十三―3279）

葦垣の上を掻き分けて君が越えていらっしゃると、人に告げないでおくれよ。（かしこい犬よ）、事情はよく知ってるわよね。

犬の文字の戯書について付加しておくと四首に使用されている。即ち「真澄鏡」というのに「犬馬鏡」という万葉仮名が使用される。例えば「祝部《はふり》らが斎《いは》ふ三諸《みもろ》の真澄鏡懸《か》けて偲《しの》ひつ逢ふ人ごとに」（２９８１）の真澄鏡には「犬馬鏡」の万葉仮名。真澄鏡は「すみきった鏡」で、清き、磨ぎ、照り、その他同音をもつ地名の枕詞となり、「真十鏡」の書き方もある。「犬馬鏡」はただの擬声語で、「喚犬（ま）追馬（そ）」の省略語らしい。犬馬の慕心（４５８の左注）の美徳には真澄鏡が含意されているかもしれない。

四五八番歌の左注について少しく触れておきたい。

天平三年辛未《しんび》（二五日）秋七月に、大納言大伴卿の薨りし時にささげられた挽歌六首。そのうち五首の作者が旅人の資人余明軍となっている。「犬馬の慕いに勝へず心の中に感緒（おも）ひて作れる歌なり」。主人を喪った者の格別の心情が偲ばれる一首を。

君に恋ひいたもすべ無み葦鶴の哭のみし泣かゆ朝夕にして（三－４５６）

52 いぬ（犬、伊奴）漢名　犬・狗、集中四首

垣越《かきご》しに　犬呼《いぬよ》び越《こ》して　鳥狩《とがり》する君　青山《あをやま》の　しげき山辺《やまべ》に　馬息《うまやす》め君《きみ》

柿本朝臣人麻呂歌集（七―1289）

（垣越しに犬を呼び越させて、鳥狩（鷹狩）をする君よ。青山の葉の繁った山辺で、馬を休ませ、君よ）

犬は古くから人間にとって身近な存在であった。

万葉歌人にも県犬養《あがたいぬかい》を姓とするものが六人もいる。

犬は用途によって、食犬（食用）、吠犬（番犬）、田犬（猟犬）などに分けられていたが、歌に詠まれるのは番犬や猟犬であって、仏教の興隆と共に食犬の風習は次第にすたれていったのである。

右の歌は、鷹狩に行く君が連れて行く犬と、君を乗せて山路を行く馬に寄せた旋頭歌である。五七七・五七七の繰り返しによって、君をめぐる犬と馬の関係がバランスよく配置されている。鷹は君の肩に留まって馬上にあり、犬と馬が目的地に向かい、勇み立って歩を進めている。この旋頭歌によるリズムの繰り返しが、鷹狩にゆく君の

気持ちの弾みを明るく伝えている。

さて「垣越し」が犬の枕詞（宣長説）というのに対して、いや、犬が垣根を飛び越えて来る際の実景を捉えた、という反論がある。まさに同感である。呼ぶ君にとっては犬は垣の外にいて、垣の外から内へ来ることになろう。鷹狩のお伴は犬にとっては最高の出来事である。自由に山野を駈けめぐって獲物を狙う。犬に生き甲斐があるとすれば、この時である。だから君が呼べば、垣を越えて飛び出し、鷹狩のお伴をする。

犬、別名　ゑぬ、ゑのこ

犬の軽やかな足取りに対して、馬の方といえば、主人を背負って時には険しい山路を登らなくてはならない。だから、青葉の繁る木陰があれば、そこでしばらく馬を休ませてあげて下さいな、と優しく声を掛ける誰かがいる。おそらくは君の妻であろうか。そもそも人麻呂歌集の作者について諸説はあるが、若い頃の人麻呂の作とするならば、彼は鳥狩する君（夫）の妻の情になり代わって詠みあげたのであろう。

俗に犬は三日飼うと三年の恩を知るといわれている。犬や馬が主人に忠実なることは日本にも古くから知られていたので、一例をあげれば、「崇峻天皇の朝に物部守屋が滅亡した時、処刑された家来の捕鳥部萬《ととりべのよろづ》の屍の側を白い犬が廻り吠え、遂に主人の頭をくわえて古塚に収め、枕の側に横に臥して飢え死にをした（『書紀』参照）」と説話によって伝えられている。このように馬と共に犬は、とりわけ日本人に親しまれてきた動物で、それが勧善懲悪思想と結合して、「花咲爺」や「桃太郎」などの昔話に出たり、「南総里見八犬伝」では勇者とさえなって活躍するのである。しかし犬が何処でも愛されている訳ではないらしい。ヒンドゥー教では犬は邪悪な精を持つと信じられているとかで、むしろかれらの神話では猿が崇拝されているというからおもしろい。犬猿の仲とはよく言ったものである。

53 うし（牛）漢名 牛、集中四首

かくしてや なほや守《まも》ら牛鳴《む》 大荒木《おほあらき》の 浮田《うきた》の社《もり》の 標《しめ》にあらなくに

譬喩歌《ひゆか》 作者不明（十一―2839）

（こうしてまでも依然としてあの女を見守っていかなければならないのであろうか。私は大荒木の浮田の森の標（神域を示すしるし）でもないのに）

人間にとって牛とのかかわりは極めて古い。洞窟の壁に描かれた野牛の像は祈りの対象。ユダヤのアブラハムは「飼牛多くして富めり」といわれ、飼牛の数が貧富の標準ともなった。日本での牛は、記録としては『日本書紀』神代巻の一書に登場する。葦原《あしはら》の中国《なかつくに》に保食神《うけもちのかみ》がおられた。その神がみ死《まか》れりし時に、身体から種《くさぐさ》の食べ物を出していて「その神の頂《いただき》に、牛馬《うしうま》化為《な》る有り、云々」と記述されている。この『神代紀』の記述は、遠く遥かな昔より牛が外国から入ってきていたことを意味するであろうといわれる。牛に因んだ地名も全国各地にあるのに、大和にないのが不思議である。歌の方も大和に密着したものを選択すると右の歌しかない。しかもこれは牛を直接に詠んだのではなくて、借字として使用しただけである。

　万葉仮名のおもしろさをかいま見る意味で取り上げてみれば、上掲の歌のなかに「牛鳴」の文字がある。これは二字で「牟（む）」と読む。牛は「モー」となくので鳴声が転じて、「牟」を「牛鳴」の文字で表現したのである。このような例は、馬声が転じて「イ」となり、蜂音が転じて「ブ」と読ませるという戯書のなかには、この類例を多く発見できそうである。

　地名浮田は五条市今井の荒木神社のあたりらしい。大荒木の斎場の「標」でもないのにこれほどまであの女を守っていかねばならないのかと、恋のしがらみを標に重ねて訴えているので牛の話とは関係ない。ねばり根性だけは牛のようでもある。万葉時代の荷物運搬はもっぱら牛の仕事が多く馬は人を乗せるのが主で、殆ど荷物は運ばない。平安貴族は盛んに牛車を用いたけれど、万葉時代に牛車の使用はほとんどなかった。応神天皇や雄略天皇の牛車に乗った記録からすれば

鹿持雅澄「萬葉集品物図絵」から

多少の利用はあった。

牡牛《ことひうし》の　三宅の潟《かた》に　さし向ふ　鹿島の崎に……（九1780）

常陸国鹿島郡の刈野の橋にて別れ行く大伴卿を送る歌。高橋虫麻呂歌集にある離別の長歌の冒頭の詩句。三宅の潟にさし向かいあっている鹿島の崎に、朱塗りの小船が用意されている。それは旅人が乗る船なのだろう。この三宅の枕詞として「牡牛」が使用されている。「ことひうし＝事負乃牛」で荷物を背負っている牛のこと。牡牛の三宅への関係についての諸説があるなかに、「三宅」は「屯倉《みやけ》」の義であって、屯倉には貢物を運ぶための牡牛《をうし》が用意されていたので牡牛が三宅の枕詞となったのだろう。

牛の親子は情愛が濃密なので犬馬と同じく人情にも例えられる。

暴風…つひに順風なく、海中に沈み没《い》りにき。これに因《よ》りて妻子等《めこら》　犢《うしのこ》の慕《したひ》に勝《あ》へず、この歌を作りき。…（十六‐3869の左注）

神亀年中のこと、白水郎《あま》荒雄《のあらを》が宗形部津麻呂《むなかたべのつまろ》に代わって対島に食糧を送る船の梶師となって航海する途中、暴風雨に出合い命を落としてしまった悲しい出来事の追悼歌。

54

馬（馬・宇馬・宇萬・宇麻）集中八五首

たまきはる　宇智《うち》の大野《おほの》に　馬並《うまな》めて　朝踏《あさふ》ますらむ　その草深野《くさふかの》
　　　　　　　　　　　　　　　　　　　　　間人連老《はしひとのむらじおゆ》（一―4）

（霊気のみなぎる宇智の大野に馬をつらねて、朝に踏んでおられるでしょう。その草深き野を）

これは反歌なので、先行の長歌を挙げておこう。

やすみしし　わご大君《おほきみ》の　朝《あした》には　とり撫《な》でたまひ　夕《ゆふべ》にはい倚《よ》り立たしし　御《み》執《と》らしの　梓《あづさ》の弓《ゆみ》の　中弭《なかはず》の　音《おと》すなり　朝猟《あさかり》に　今立《いまた》たすらし　暮猟《ゆふ》に　今立《いまた》たすらし　御執《みと》らしの　梓《あづさ》の弓《ゆみ》の　中弭《なかはず》の　音すなり（一―3）

「天皇、宇智の野に遊猟したまふ時、中皇命《なかつすめらみこと》の間人連老をして献《たてまつ》らしめたまふ歌」の題詞がある。これは舒明天皇の遊猟の時のことで、中皇命は議論のあるところだが、大方の見解としては間人皇女が当てられている。間人連老について、あえていえば皇女の側近の方で、皇女に代わって歌を献上した。というのはこれが中皇命自身のお歌であれば、わざわざ間人連老の名前を出す必要はないからである。前書きの言葉をこのように理解しておこう。

上代の大宮人の遊猟はどのようであったろうか。仮盧《かりいほ》を仕立て、数日間はそこに宿泊しながら遊猟を行ったということは、人麻呂の歌の「安騎の野に宿り」という表現からしても推定される。朝猟に今立たすらし、暮猟に今立たすらし、という対句は単に形式だけではなく、また一日中というのでもなく、言葉どおりの、昼中は休憩をとって食事と雑務に当て、朝、夕二回に分けて、狩りに出掛けたことなのであろう。「なか弭」の解釈に諸説があって難解である。「はず」というのは物と物の出合うところ。弓の弭と、矢の弭と、弦とが互いに触れ合って、ビューン、ビューンと鳴る勇ましい音。あたりのざわめきと馬の足音、そして、あちら、

馬

こちらから聞こえてくる活気に充ちた、馬のいななき！！

遊猟の場は宇智の大野である。

『和名抄』に大和国宇智郡とあって、町村合併前の奈良県宇智郡の野となる。具体的にはどのあたりになるかと言えば、諸説があって、結局のところ、北宇智野から五条市にかけての吉野川の右岸あたりであろうといわれる。

反歌「たまきはる」の、タマは魂で、キハルは刻むこと、さらに極まるの義、あるいは荘厳きわまる内裏の義で、ウチ（内）にかかる（仙覚）のである。「たまきはる」は、なかなかに緊張感を醸し出す素晴らしい表現である。

たまきはる宇智の大野は東雲《しののめ》の、遥かなる展望のなかで緊張を高める。ここ、かしこで燃え盛る篝火の、勢いよくはじける薪の音。ずらりと並んだ馬の頭、頭、頭。はやる馬の気勢を制しながら、出立の準備が完了する。

いざ行かん、この深草野を！！

55

うまのつめ（宇麻乃都米・牟麻能都米）集中二首

足柄《あしがら》の　み坂《さか》たまはり　顧《かへり》みず　吾《あれ》は越《く》え行《ゆ》く　荒《あら》し男《を》も　立《た》しや憚《はばか》る　不破《ふは》の関《せき》　越《く》えて吾《わ》は行《ゆ》く　馬《むま》の蹄《つめ》　筑紫《つくし》の崎《さき》に　留《ちま》り居《ゐ》て　吾《あれ》は齋《いは》はむ　諸《もろもろ》は　幸《さけ》くと申《まを》す　帰《かへ》り来《く》までに

倭文部可良麻呂《しとりべのからまろ》（二十－4372）

（足柄峠を越えることを許されて、故郷を振りかえらずに、私は越えてゆく。猛き男子も立ち止まり、行くのをはばかる不破の関も私は越えて行く。馬のひづめを筑紫の果てまで進めて、そこでようやく私は留まる。私は精進潔済していよう。留守の人々も無事にと神に祈ってくれるであろう。故郷に帰って来るまでは）

防人の歌ではただ一首の長歌である。作者は伝未詳であるが、倭文部（しとりべ）というのは渡来系の人ではないかと言われる。築紫の果てまで赴いて行くのに対して、馬のツメを尽くすという象徴的表現が取られている。馬の蹄が詠み込まれている他の一首は家持の歌である。それは天平感宝元年に、小さい日照りがあり、百姓の田が乾

宇麻乃都米

いた時、雨雲か立って来て雲を詠むという長歌にある。

……天《あめ》の下　四方《よも》の道には　馬の蹄《つめ》　い尽くす極《きわ》み
船の舳《へ》のい泊つるまでに…雨降らず　日の重なれ
ば　植えし田も　蒔きし畠も…凋み枯れ行く
（十八－4122）

このように、馬のツメを尽くすというのは、築紫に続くだけではなく、はるか遠くまで及ぶことを言ったものである。したがって、「馬の蹄をつくす」を筑紫に続く枕詞として単純に片づけることはできないのである。しかも、この家持の用語が繰り返し使用されていることは、長歌に家持の手が加わっていたこと、ひいては防人歌への家持の熱心な関与を示唆していると考えられる。

この長歌は常陸国（茨城県）の防人世話役人から提出されているもので、「荒男」、「くえ行く（越え行く）」、その他の幾つかの方言が混じって、いかにも東男らしく覚悟した歌い振りである。これは難波の港に出るまでの歌である。防人の歌は(1)家を出る時、(2)その途中、(3)難波津からの出帆の時の三過程を辿る。

八十国《やそくに》は難波《なには》に集《つど》ひ舟飾《ふなかざり》吾がせむ日ろを見も人もがも（二十―4329）

足柄下郡《あしがらしものこほり》の上丁、すなわち壮年男子の丹比部国人《たぢひべくにひと》の作である。

難波津《なにはつ》に装《よそ》ひ装《よそ》ひて今日の日や出でて罷《まか》らむ見る母なしに（二十―4330）

右の一首は、鎌倉郡の上丁丸子連多麻呂《かみつよぼろまろこのむらじおほまろ》のなり。

各地から難波津に集まってきた防人たちの賑やかな様子。舟飾りする日ろ（東歌におおい接尾語）の晴れ姿、これを見てくれる人が欲しいよ、と叫ぶ作者の願いはかなえられたであろうか。装いに装いを重ねていよいよ出発の日になった。この晴れ姿を見てくれる母がいないのがさみしいという作者には、まだ何処か幼ささえ残っている。

防人とは「埼守」のこと、すなわち岬を守る人である。『大宝令』によれば三年の任期である。一回の帰国は二～三千人ほど、千人単位ぐらいで交替したであろう。

56 きさ（象） 漢名 象、集中四首

み吉野《よしの》の　象山《きさやま》の際《ま》の　木末《こぬれ》には　ここだもさわく　鳥《とり》の声《こえ》かも

山部宿祢赤人《やまべのすくねあかひと》（六-924）

（み吉野の象山のあたりの梢には、激しくさえずりあう鳥の声が聞こえるよ）

キサは象の古名。キサの名は、象牙の断面にある木目の文、すなわち「きさ」と称せられる模様があるところから名付けられたということである。

象の小川（三-316 332）、象の中山（一-70）、象山（六-924）などが歌に詠まれている。それらは、吉野離宮のあった宮滝付近（現在の奈良県吉野郡吉野町）にある山や川を指していて、現在も喜佐谷の地名が残っている。かりに象が人為的に付加された借字であったとしても、象について既に万葉人が何らかの仕方で知っていたからこそ借字として使用したというのが、妥当ではないであろうか。

正倉院御物のデザインに象がある。例えば琵琶の捍撥《かんぱち》（撥うけ）に描かれた騎象胡楽図は白象の珍しい図柄である。白象は仏教において神聖視されているからその影響

があろうが、実際の象よりやや体型が違っている。また象木臈纈屏風《ぞうきろうけちのびょうぶ》（ろうけつ染めの屏風）の樹木の下の象の方は、かなり実物の象に近いようにみえる。しかし実際の象はみていなかったのではないか。キサの名称が象牙の断面の木目模様とすれば、それと象の絵から受けた印象が重なって、象にキサの名が与えられたのではないか。あえて推定すれば象が借字として使用されたのではないか。象はナイーブな万葉人の好奇心を刺激し、神聖な動物であることから、象の文字が吉野離宮の山や川を修飾する用語になったのであろう。

きさ、別名　ぞう

持統天皇が暮春の月に芳野の離宮に幸しし時の、中納言大伴卿の勅を承りて作れる歌一首がある。詞書によれば短歌一首を併せており、「象の小河」の地名が使用されている。何かの理由があって、その吉野賛歌はついに奏上されることなしに終わったことが記録されている。三三二番歌も同じく旅人の歌、懐古の念がうかがわれる。

み吉野の　芳野《よしの》の宮は　山柄《やまから》し　貴《たふと》くあらし　川柄《かはから》し　清《さや》けかるらし　天地《あめつち》と
長く久しく　万代《よろづよ》に　変らずあらむ　行幸《いでまし》の宮（三―315）

反　歌

昔見し象《きさ》の小河《をがわ》を今見ればいよよ清《さや》けくなりにけるかも（三―316）

「昔見し」ということは、持統女帝の吉野行幸への従駕より以前に、旅人が吉野を訪れていたことを意味するであろう。旅人による女帝への敬慕の念が「いよよ清けく」の言葉に込められている。次の歌「昔見し」には吉野離宮へのさらなる回顧がある。

わが命も常にあらぬか昔見し象の小河《をかは》を行きて見むため（三―332）

それにしても赤人の山の際の梢のざわめき、「ここだもさわく鳥の声かも」には、ただに写実の絶唱というだけでは納得できない何かが秘められているようにも思える。折口信夫説の「聴覚による写生の方法」によって鳥の声を聞くこと。それは、あたかも何かを訴えているような鳥の声に耳を傾けていることかも知れない。

57 きつ（狐）漢名　狐・射干、集中一首

鐺鍋《さしなべ》に　湯沸《ゆわ》かせ子ども　櫟津《いちひつ》の　檜橋《ひばし》より来《こ》む　狐《きつ》に浴《あ》むさむ

長忌寸意吉麻呂《ながのいみきおきまろ》（十六－3824）

（さしなべに、湯を湧かせよ、人々よ。櫟津の檜橋を渡って、コンコンと鳴いて来る狐に浴びせてやろう）

キツはキツネの古名。柄と口のついた鍋がさしなべ。酒器などに用いられた。さし鍋に湯を沸かせ。若い衆よ。櫟津の檜橋から来るキツネに湯をあびせてやりましよと、少しばかりふざけた歌。

イチヒを地名とすれば、大和郡山市に櫟枝という所があり、その東に続いて天理市櫟本がある。「櫟」、即ちクヌギの「櫟本」と「櫟枝」の呼称であるが両者には何か関連がありそうな地名である。

「ツ」は川の船着場で、檜橋はヒノキ材で作った橋。万葉時代のこのあたりには鬱蒼とした森があったにちがいない。「ヒツ」に「櫃」をかけ、「ハシ」に「箸」をかけ、「コム」に「狐の鳴き声」をかけるという巧みな言葉遊びの技巧を凝らした歌である

ようだ。

左注によれば、ある夜、人々が集まって宴会を催していた時、夜半十二時頃にキツネの鳴き声が聞こえてきた。そこで皆が意吉麻呂にすすめて歌を詠ませた。食器、用具、狐の声、川、橋と諸々を詠み込んだ歌を、との注文に応じて歌を詠み、宴会を盛り上げて、喝采をうけたのであろう。意吉麻呂には、これに類した歌がその他にも残っているから戯歌の名手だったのであろう。

さてキツネは利口な動物であって、猟犬や人間に追われても、決して真っ直には逃げないそうである。ちょつと立ち止まって様子をうかがい、方向を変えて跳躍し、追っ手の勘を狂わしてしまう。そこで、人間にとっては「狡いキツネ」というイメージが生まれて幾多の伝説、説話となり、遂には一種の妖怪とまで見做されるにいたる。とはいっても最も狡いのは人間かも知れない。

狐、別名　くつね、やかん、いがたうめ

とにかく、狡いキツネを捕らえて利用してしまうのであるから。

万葉歌でキツネを詠みこんだのは、ただこの一首のみである。

万葉人にとってキツネは関心の対象とはならなかったからなのだろうか。

キツネといえば、直ちにイメージされるのが稲荷神社の門前に鎮座まします彫像である。それは稲荷信仰の使者としての役柄を担っている。稲荷信仰そのものは『山城国風土記逸文』の伝説によれば「秦氏の遠祖秦公伊呂具《はたのきみいろぐ》があるとき餅を的として矢を射たところ、餅が白鳥となって飛びかけり、三つが峰の山上に止まりそこに稲が生じた。不思議に思った伊呂具がそこに神社を建て、伊奈利社と名づけた」という。稲荷神社の創建は和銅四年と言われる。稲生《いねなり》が転音してイナリとなったので、これが伏見稲荷大社の由来ということである。『斉明紀』に白狐の記録があり、また『元正続紀』には黒狐も見られ、それらは聖獣とみなされていた。そのような神聖視が稲を守る神の使者としての信仰を呼んだのではないであろうか。現実はその逆に稲田を荒らす困り者であったのかも知れない。意吉麻呂の歌からもそのような意図が読みとれる。とにかく万葉時代には狐を怪奇なものとして恐れるまでにはいたっていなかった。

58 くま・あらくま（熊・荒熊）漢名 熊、集中一首

荒熊《あらくま》の　住むとふ山の　師歯迫山《しはせやま》　責《せ》めて問《と》ふとも　汝《な》が名は告《の》らじ

作者年代不明（十一―２６９６）

（荒熊の住むというしはせ山の名のように、責めて尋ねられてもお前さんの名は決してうちあけないよ）

「しはせのセ」を「責めてのセ」へと、セ音に接続した序詞に過ぎないので、歌意とは直接的には結びつかない。しはせ山の所在は不明であるが、右の歌の前後に「駿河なる不尽の高嶺（２６９５）」「布士《ふじ》の高嶺（２６９７）」の地名が詠み込まれている。二首ともに歌意に関連性があり。お互いに名前を立てないで「ふじの高嶺」のように心は燃え続けていようというものである。どうも富士山付近の山らしいという解釈がある。このあたりに熊が住んでいたのであろうか。熊そのものが詠み込まれているのはこの一首のみで、その他にクマに縁をもつ地名をいれた歌が九首ある。

本州特産種のクマは黒色で、喉に白い月の輪があるので、月の輪熊と言われる。木登りや水遊びが上手で、サケ、マスが上ってくる時期になると、川に入って魚を捕ま

えているところがよく紹介されている。北海道のはヒグマで、体が大きく、毛が茶色である。狩猟生活を送っていたアイヌ人にとって最も貴重な動物で、熊祭りが行われ、古来諸種の説話にも登場する。雑食性のクマはときに畑をあらしたり、家畜を襲ったりするので恐れられ、万葉歌では荒熊と称せられている。熊の歌は一例のみで、その他に地名として多く詠み込まれている。

香島より熊来を指して漕ぐ船の梶《かぢ》取る間なく都し思ほゆ（十七—4027）

熊・荒熊　別名
　ツキノワグマ、ニホングマ
鹿持雅澄著
　「萬葉集品物図絵」から

「熊来」は、能登の七尾湾西部の中島町あたりで、そこはもと熊来村であった。香島から熊来に向けて船旅をする。船の梶を取る音を聞きながら、何時になれば都にかえれるのであろうか、としきりに大和のことを考えている。大伴家持が越中に赴任して三年目の天平二十年に諸郡を巡行した時の歌で、羈旅歌の試みと言われる。九首があって、秀吟と評されているのもある。熊来の歌はとりたてて評価されてはいない。しかし船人が漕ぐ梶の音に心を奪われながら天さかる鄙の地に身を置く家持の寂しさが込められている。前年の春には「殆臨泉路」(死ぬほど)の大病のために中止された巡行の初仕事の筈ではあるけれども、何故か意気があがらない。

「能登国歌三首」の中に次のようなおもしろい歌がある。

梯立《はしたて》の　熊来のやらに　新羅斧《しらきをの》　落し入れ　わし　懸けて　懸けて　な泣かしそね　浮き出づるやと　見む　わし(十六-3878)

「わし」は、調べに添える「ワッショイ」というほどの意味らしい。熊来の「やら(泥底の浅海)」に新羅の斧を落としこんで。ワシ。ワシ。心配してお泣きなさるなよ。浮き出るかと見よう。ワシ。(これは能登の国の民謡風の歌)。

ある時愚かな者が斧を海底に落とし、鉄斧は浮き上がってこないのも知らないで、浮き上がるのを待ち続けていたのでいささか歌を作って喩《さと》していたという。

59 くろうし（黒牛）漢名　牛、集中三首

黒牛《くろうし》の海《うみ》　紅《くれなゐ》にほふ　ももしきの　大宮人《おほみやびと》し　漁《あさり》すらしも

藤原《ふぢはらの》卿《まへつきみ》（七―1218）

（黒牛の海が紅色に照り映えている。ももしきの大宮に仕える女官たちがあさりをしているらしいよ）

「黒牛の海」と地名になっている。今の和歌山県海南市黒江あたりの海のことである。この海辺に、その昔大きな黒い石があって、あたかも牛のようで、潮満つれば隠れ、引けば顕れるので、黒牛の海と言われるようになった（玉勝間）という地名起源説がある。

海岸には紅の彩どりが点在して華やかな情景が展望される。大宮人たちが海岸で貝などを拾っているらしい様子を藤原卿（房前）は見とれている。この時に房前は羈旅歌七首を詠んでいる。ただし作歌の年月は審らかではない。おそらく紀の国の行幸に従駕した時の歌詠であろうと推定される。

その他にも各地に牛に関する地名が散在している。それぞれに牛にまつわる縁があっ

てのことであろう。

牛窓《うしまど》の浪の潮騒《しほさゐ》島響《しまとよ》み寄さえし君に逢はずかもあらむ（十一―2731）

牛窓の波が立って潮騒が島を響かせるように、噂に高く言い寄せられているあなたに、逢わないでいるのかなあ。海辺の磯の香りが漂ってくるような歌だが作者年代不明。牛窓は神功皇后が備前の海上を過ぎる時に大牛が出て邪魔をしたので、住吉大神が翁になり、牛をなぎ倒したところの、その牛転（うしまとろひ）が牛窓に転化した地名と言われる（神社考）。

牛窓風景

さて藤原房前は不比等の二男である。万葉歌としてはもう一首がある。本来は政治家タイプの人物ではあったろうが、文化人でもあった。天平元年十月七日の日付で、大伴淡等（旅人）から「梧桐の日本琴一面」が贈られてきた時の房前からの謝礼の歌がある。この琴は書状が添えて贈られてきたもので、夢で娘子と化した琴の言葉が添えられていた。琴のいうには、その音色を聞き分けて下さるかたの膝の上に枕したいというのだが、その御方があなた様であると琴が申しているという旅人の、非常に手の込んだ、しかし、相手の立場に最高の敬意を払った書面を添えて贈ったものである。房前は旅人の苦衷を察してか、八一二番のような謝礼の歌を返している。この歌は十一月八日に、大宰府に還る使の大監《だいけん》百代《ももよ》に託されて、一応は旅人との贈答歌となっている。藤原氏と大伴氏との関係で言えば、房前は旅人にとって都との繋がりを保つ唯一の救いの綱でもあったことであろう。次の歌は琴の娘子の作に答えるという形式をとってはいるが、間接的には房前に贈った歌ということができる。

言問はぬ樹にはありともうるはしき君が手慣《たな》れの琴にしあるべし（五—811）

ものを言わぬ木ではありましても、立派なお方の愛用の琴となるでありましょう。

藤原房前からは礼を尽くした丁重な謝礼の歌が返されている（「龍の馬」項参照）。

60　さる（猿）漢名　猿・胡孫・沐猴、集中一首

あな醜《みにく》　賢《さか》しらをすと　酒《さけ》飲まぬ　人《ひと》をよく見《み》れば　猿《さる》にかも似《に》る

太宰帥大伴卿《だざいのそちおほとものまへつきみ》（三－３４４）

（何とまあ、醜いことよ。利口ぶって酒を飲まない人をよく見れば、なんとなく猿に似ているようだなあ）

以前は酒をつきあわされると断わるのに苦労したが近頃は車で帰りますので、という合理的な口実があって便利である。酒には恨みのほうが多くあって、旅人の心境からは程遠い気分ではあるけれど、旅人も酒宴の醸し出す和《なご》やかさを愛していたので、悟りすましているようだが、結局は非常な寂しがり屋ではなかったろうか。酒を愛するにもまして人間を愛していたのだ、と思われる。

上掲の猿面の歌は「酒を讃むる歌十三首」に含まれているので、そのなかから猿とは直接関係ないが、二首ほど取りあげてみる。

賢《さか》しみと物《もの》いふよりは酒飲みて酔《ゑひ》泣きするしまさりたるらし（三－３４１）

黙然《もだ》をりて賢《さか》しらするは酒のみて酔泣《ゑひなき》するになほ若《し》かずけり（三―350）

賢人ぶって物をいうよりは、酒でも飲んで泣いてご覧なさい、黙って利口ぶった振る舞いをするよりは、酒をのんで酔泣きするはうがはるかによいことですよ、と旅人は酒の魅力を推奨して、幾分か日本人的な、酒でのごまかし方法を奨励している。猿の赤ら顔はむしろ酒に酔った人の顔色に似ていないでもないが、酔いがまわれば、かえって顔色の蒼く冴えてくる人もある。旅人は後者に属する人ではなかったか。とにかく生真面目で、儒教的な倫理的意識の強い山上憶良が反発するのも分からぬでもない。

憶良らは今は罷《まか》らむ子泣《な》くらむ
そのかの母も吾を待つらむそ
（三―337）

猿、別名　ましら、ましこ
鹿持雅澄著
「萬葉集品物図絵」から

宴を中座するのに旅人の機嫌をそこねまいとして、妻や子供のことを持ち出す憶良。それがかえって旅人のプライドを傷つけてしまっている。旅人は密かに思ったことだろう。（時には妻子のことも忘れて語り明かしたいための酒宴ではないか。私の気持ちを無視してお前は帰ってしまうのか。賢人ぶった馬鹿なヤツ。お前の顔はまるで猿面に見えるぞ）。旅人は、僅かの酒に赤くなって、猿面になっている憶良を見て、こみあげる笑いを押さえて、「早く帰るがよい」と、猿では気のつかない知恵を働かせたことであろう。

旅人の「酒を讃むる歌」が、憶良の「宴を罷る歌」を直接に意識して詠まれていたかどうかは判定できない。しかし巻三に並んで置かれている点からいえば、多少の関連はあるであろう。むしろ旅人は、人生の享楽主義的な態度をもって、それを酒に託して政変の激しい奈良時代を生きる術としていたことを告白しているように思われる。さりとて「酒中真あり」とばかり、酒に埋没していた訳ではない。遠く京を離れている者の焦燥感を和らげてくれる相手を求めていたのではないであろうか。

猿は人類にとって最も類縁の動物とされるが、万葉歌では旅人の歌が一首、それ以外は借字として三例使用されているだけである。

61

しか（鹿・雄鹿・牡鹿・男鹿）漢名　鹿、集中六六首

吉名張《よなばり》の　猪養《ゐかひ》の山《やま》に　伏《ふ》す鹿《しか》の　嬬呼《つまよ》ぶ声《こえ》を　聞《き》くがともしさ

大伴坂上郎女（八―1561）

（吉名張の猪養の山にやどる鹿の、妻を呼ぶ声を聞くのは羨ましいことよ）

秋の早朝、飛火野をカメラに収めようと出かけたことがある。人影のない草野に陽光が木の梢からさし込み、あたりは生気を甦らせつつあった。鹿は群れをなして大樹のもとに憩っていた。その時、見事な角をもった一頭の雄鹿が飛火野を対角線状に横切って突っ走り、木立ちの間に姿を隠した。それは瞬時の出来事で、その雄姿は今も鮮やかに脳裏に焼きついている。

集中ではホトトギス、馬に次いで鹿の歌が多い。萩の花咲く九月から十一月にかけての女鹿を呼ぶ男鹿の声の哀切な響きに歌心が刺激されたのか、ほとんどが秋の歌詠になっている。

上掲の坂上郎女の歌は、跡見田庄《とみのたどころ》にして作る歌。跡見田庄はそのままの地名では残っ

鹿持雅澄著
「萬葉集品物図絵」から

ていない。私は桜井市の外山《とび》の鳥見山あたりではないかと思っているが、もう一説に榛原北方の鳥見山がある。吉名張の猪養の山が分かれば、その情景を実感しながらの郎女の作歌として、いずれかに決められようが、いまのところ両説が譲らず、曖昧のままでおくより仕方がない。

吉名張の猪養の山は高市皇子の妃、伯馬皇女の奥津城のあるところ。秋の深山から鹿の鳴く声がする。鹿の本名はカ「鹿」であって、鳴き声を名前にとったといわれる。発情期には「ヒヨ、ヒヨ、ヒエー」と唸るようなだみ声になる。猪養の山に伏す鹿の妻呼ぶ声を聞けば、華やかであった穂積皇子と伯馬皇女との悲恋物語が懐かしく追想される。郎女にとっても穂積皇子より、寵《うつくしび》を受けた若い日の追憶が甦る。時に郎女は三九歳頃。秋の深まりにもまして、時間の推移が身に沁みたことであろう。

鹿は偶蹄目《ぐうていもく》シカ科の哺乳動物。基本的には林緑の動物である。地形は急斜面を避けて、緩傾斜地、平坦を好む。集中の大部分が普通の日本鹿である。本来、性質は温和である。ただ萩の咲く盛りの九月から十一月中旬にかけて交尾期ともなると気が荒くなり、牡同士の争いともなる。季節によって身体の色を変える。冬は一様に暗褐色、夏になると栗色に白い斑点が現れる。角は牡のみで、毎年二月頃脱落して、四月頃から新しいのが生えてくる。牡の仔鹿は二年経つと生えてくる。鹿の家族は一夫多妻で、一年一回、一腹一仔をもうける。このために独り子の例えに使われる。

秋萩を　妻問《つまど》ふ鹿《か》こそ　独子《ひとりご》に　子持てりといへ　鹿児《かこ》じもの　わが独子の
草枕　旅にし行けば……（九－1790）

これは遣唐使の母の歌。鹿の子ではないが、そのようなたった一人の私の子が草を枕に旅にゆく。それを見送って母は祈願をする。現在、奈良公園に行くと仔鹿のバンビーの耳をやさしく愛撫する鹿親子の団欒の光景が見られる。挿し絵の鹿の歌は仏足跡歌と同形式で、弥彦神社に関係する鹿舞の歌謡を背景にしているのではないかと。
伊夜彦《いやひこ》　神の麓に　今日らもか　鹿の伏すらむ　皮服《かはごろも》着て　角付きながら（3884）

62　しか（鹿、雄鹿、牡鹿、男鹿）漢名　鹿、集中六六首

宇陀《うだ》の野《の》の　秋萩《あきはぎ》しのぎ　鳴《な》く鹿《しか》も　妻《つま》に恋《こ》ふらく　われには益《ま》さじ
丹比真人《たぢひのまひと》（八−1609）

（宇陀の野の秋萩を押し伏せて鳴く鹿も、妻を恋うことでは私にはおよばないでしょう）

作者の丹比真人とは何者であるか。名が闕（か）けたりと題詞の下注にある。同様の注が次に挙げる二二六番歌にもあるので、同一人かと想像したくなるが、定かではない。その歌を挙げてみよう。

荒浪により来る玉を枕に置きわれここにありと誰か告げけむ（二−226）

これは丹比真人が柿本人朝臣麻呂の心中を推測して詠んだ歌となっている。しかも人麻呂が死《みまか》りし時に詠んだ妻依羅娘子《よさみのをとめ》の歌に続くので人麻呂との関係が問われてくる。天武天皇十三年に定められた八色の姓の第一位真人を名乗る丹比は名族であるにちが

いないが、謎を残している。

万葉時代は大和の山野いたるところにシカがいたことであろう。そしてまずシカは狩猟の対象であって、貴重な蛋白源だった。その場合シシと呼ばれ、猪と併称されることが多い。当時鹿がいかに貴重な存在であったかが「乞食者の長歌（3885）」にある。例えば「…私（鹿）の角は、御笠の飾りに、私の耳はお墨壷に、私の目は澄んだ鏡に、私の爪はお弓の弭に、私の毛はお筆の料に、私の皮はお箱の皮に、私の肉はお鱠（なます）の料に、私の肝もお鱠の料に、私の胃袋はお塩辛の料になりましょう。このように老いの我が身にも七重八重に花が咲くでありましょう」と。

鹿、別名　ニホンシカ、カノシシ、カセギ

鹿はまさしく神聖な動物である。立派な角を持った二頭の牡鹿が対称的に向き合っている夾纈《きょうけち》染めの麻布（正倉院宝物）には、万葉人の鹿への愛着が麻の繊維にしみついているように鮮やかに残っている。

シカの語源は夫鹿（セカ）の転化で、女鹿（メカ）に対する名であったのが、やがて牡牝共通に「シカ」と呼ばれるようになった（東光治）。その他「カ」、「カセギ」、「カノシシ」と種々の名がある。本来温和な性質であるが、萩の咲き誇る中頃から十一月中旬にかけての交尾期には気が荒くなって牡の間で角を突き合わせて争い合う。女鹿を呼ぶ男鹿の鳴き声は激しく更に哀調を帯びてくる。

家持の鹿鳴《ろくめい》の歌二首、天平十五年八月十六日の作。

山彦《やまびこ》の相響《あいとよ》むまでに妻恋に鹿《か》鳴く山辺《やまべ》に独りのみして（八―1602）
この頃の朝明に聞けばあしひきの山呼び響《とよ》めさ男鹿《をしかな》鳴くも（八―1603）

山彦が響き渡るほどにも強烈に妻を求めて牡鹿が鳴く。その山辺に私は独り居る。

歌を詠んだ日付けを陽暦でいえば九月十二日にあたり、日付けによって鹿の交尾期頃のことであったことがわかる。

63 しし（鹿猪・宍・思之・十六）狩猟獣類の総称　集中十首

妹《いも》をこそ　あひ見《み》に来《き》しか　眉引《まよび》きの　横山辺《よこやまへ》ろの　鹿猪《しし》なす思《おも》へる

作者年代不明（十四－3531）

（妹に逢いたいばっかりに来たのに、それをあたかも眉引きの横山辺の鹿猪でもあるかのように、危険なものと思うとは）

鹿も猪もシシと呼ばれていた。古代の狩猟の対象となった動物であって、ともに肉（シシ）を人間に提供してくれるからである。イノシシは夜行性動物なので、日中は潅木林の日当たりのよいところで眠り、夜になると森林のなかをは徘徊《はいかい》して餌を求める。時に人里近くまできて、田畑の農作物を荒らし回って、人々を随分と困らせている。折角に、恋人に逢いたいものとやって来たのに、横山のあたりをうろついているシシのように、危険な者と思われているのではないかと、厳しい娘への親の監視のために、作者は憤慨している。

この田畑を荒らすシシに悩まされていた万葉人は、この狼藉者に種々の対策を考え

鹿猪田

た。シシの通り道に落とし穴を掘ったり、田畑を囲って、深い堀を穿ったり、木や石で高い柵を築いたりした。また火を焚いてシシが寄ってくるのを防いだのである。これが鹿猪田といわれる。

新墾田《あらきだ》の鹿猪田《ししだ》の稲を倉に挙蔵《あ》げてあなひねひねしわが恋ふらくは（十六―3848）

「あなひねひねし」は、文字通りの干稲であって、干乾びて、古くなった物の形容である。新たに開墾した田の、鹿猪が荒らす山田の稲の長いあいだ倉の中に積んであって、干しあがったように、わが恋も、干乾びてしまったという。作者は忌部《いむべ》首《おびと》黒麻《くろま》呂《ろ》という者で、夢の中でこの歌を作り、目覚めてから口ずさんでみたら夢の中の歌にそっくりであったというのである。そこに友人が出てくる。すなわち黒麻呂が夢の中での歌を作って友人に贈った。そして目覚めてから、その友人に読詠させたら、友人は夢の中の歌をそのままに詠んだ。友人もまた夢の中の出来事を記憶していたという奇妙な話が左注にある。黒麻呂もその友人も共に失恋して、悔しさを分有していたからかもしれない。

新墾田とは開墾したところ。開墾田ともなればシシの出るような奥深い山懐にあったことであろう。当時は高倉なので、収穫した稲は倉にあげて貯蔵する。開墾地の稲は痩せて実が少なく、ヒネ米ともなれば、また一段と味が落ちてしまったのである。これをヒネヒネの恋に例えているところがユーモラスである。

「吉隠の猪養の岡」というように、地名としての猪養が各地にある。万葉時代は食料として山で生け捕りしたイノシシを、一時的に柵をほどこして飼養していたのである。したがってイノシシは恐れられながらも、歌には比較的に多く詠まれている。

64

ししもの（鹿猪自物）集中二首

ひさかたの　天《あま》の原《はら》より　生《あ》れ来《きた》る　神《かみ》の命《みこと》　奥山《おくやまの》の　賢木《さかき》の枝《えだ》に　白香《しらか》つけ
木綿《ゆふ》とりつけて　齋瓮《いはひべ》を　いはひ掘《ほ》り据《す》ゑ　竹玉《たかだま》を　繁《しじ》に貫《ぬ》き垂《た》り　鹿猪《しし》じもの
膝《ひざ》折《を》り伏《ふ》し　手弱女《たわやめ》の　襲《おすひ》取り懸《か》け　かくだにも　われは祈《こ》ひなむ　君《きみ》に逢はじ
かも

坂上郎女《さかのうへのいらつめ》（三―379）

（遠い彼方の天上からお生まれになった神の命よ。奥山の榊の枝に白髪をつけ、木綿の幣《ぬさ》をとりつけて、齋瓮《いはひべ》を土に清め掘りすえて、竹玉をたくさん貫き垂らし、鹿（猪）のように膝を折り伏せて、手弱女の打掛を身にかけて、このようにしてまで私は祈りましょう。あの方にお合いしたいことよ）

「シシじもの　膝折り伏せて」というのはシシのように膝を折り曲げて伏し拝むということである。シシは鹿と猪の併称でもあるがここではシカを指すと見做したほうがよい。というのはシカの四肢は細長く、膝折り伏せの言葉のイメージがイノシシよりは印象的だからである。

巻十三に「ある本の歌に曰く」と但し書きされて、五首の神祭り歌がある。但し、氏神を祭るのは坂上郎女の祭神歌の場合だけ。

まず「ひさかたの天の原より生れ来る神の命」と神に呼びかけ、次いで斎場の様子が述べられる。そして祭主は、シシのように膝を曲げて伏し、たおやかな女人の打ち掛けを身にかけ、せめてこのようにして祈りましょう。「われは祈ひなむ君にあはじかも」と。

左注によれば「天平五年十一月を以ちて大伴の氏の神に供へ祭る時、いささかこの歌を作る」とあるので、氏神を祭る歌と分かる。そうでないならば、恋の成就の祈願とも受け取れる内容である。だからこの「君」は、既に氏神の一柱となっている旅人であり、その魂との交流を祈ったものと思う。家刀自として司祭者をつとめる気丈な坂上郎女像が浮かびあがる。

鹿猪自物

「神祇令」の定める公的祭祀は二月、四月、十一月。二月は稲の豊穣を神々に祈る祈年祭。四月には大忌祭を広瀬神社で、風神祭を竜田神社で行い、水の恵みを得、風水害に遭わぬようにと五穀成熟が祈られる。十一月は稲の収穫に関する祭というように農耕のリズムに合わせて祭祀が行われた。民間の祭にも影響があったようだが坂上郎女の祭神歌によって神祭りの原形がしのばれる。反歌—、

木綿《ゆふ》畳《だたみ》手に取り持ちてかくだにもわれは祈《こ》ひなむ君に逢はじかも（三—380）

木綿畳は木綿を畳んで神様に供したとしても、どのような意味をもつのかは定かではない。下の句の「君に逢はじかも」は長歌の結句の反復になっている。これは天平三年七月二五日にこの世を去った大伴旅人の霊に祈ったに違いない。旅人の没後は坂上郎女が嫡男の家持の後見役を引き受けていた。時に家持は十五歳。成人に達したので、旅人への報告の儀式ではなかったか。

65 たつのま（多都能馬・多都乃麻）漢名　龍馬、集中二首

龍《たつ》の馬《ま》も　今も得《え》てしか　あをによし　奈良《なら》の都《みやこ》に　行《ゆ》きて来《こ》む為

大宰帥大伴卿《だざいのそちおおともまへつきみ》（五−806）

（龍馬といわれるすぐれた馬を今も得たいものである。奈良の都に行って来むために）

集中で時鳥《ほととぎす》に次いで多く詠まれているのが馬である。八五首程あるとのこと。赤駒、青駒、白馬、黒馬など、その他バラエティーに富んでいて、このことからも万葉人と馬との関わりがいかに豊かであったかが推定される。

龍の馬は、中国の文献に由来する駿馬である。「岩波万葉頭注」を参照すると「馬八尺以上を龍となす」（周礼）とある。その他にも「龍馬銀鞍」、「龍馬紫金鞍」などと、きらびやかに飾られた馬を彷彿とさせる語句が『注釈』において紹介されている。

旅人の歌は奈良の都に行って戻るために「今直ち龍馬を得てしか」、すなわち龍のように宙を駆ける馬を手にいれたいものと望郷の思いを訴えている。八〇六番は八〇七番歌とセットになっているので、合せて歌意をよみとらねばならない。

多都能馬

現《うつつ》には逢ふよしも無しぬばたまの夜《よる》の夢《いめ》にを継《つ》ぎて見えこそ（五－807）

現実には逢う方法もありません。せめても夜の夢にで絶えずに見えてほしいものと願っている次第です、という前掲歌に合わせた便りである。この二首の作には「愛《エ》」「帝《テ》」「丹《タ》」「味《メ》」という、他に例のない仮名が使用されている（注釈）ということは、作者の見識の豊かさを彷彿とさせる。さらに答歌二首が続いている。

龍の馬《ま》を吾《あれ》は求めむあをによし奈良の都に来《こ》む人の為《た》に（五－808）

直《ただ》に逢はず在《あ》らくも多く敷栲《しきたえ》の枕離《さ》らずて夢《いめ》にし見えむ（五－809）

歌意は、やがて都へ来る方のために私は龍の馬を求めましょう。でも直接にお会いする機会もないので、せめても夢のなかでお逢い致しましょう。という返書なのであるが、これを誰が詠んだのか銘記されておらず、謎めいている。まず旅人は誰に対して前掲の二首の歌を贈ったのであろうか。男か女かも定かではなくて多く論議の対象になってきた。「龍の馬を吾は求めむ」とか「枕を離れず夢に見えるようにしましょう」という「答ふる歌二首」の内容から推測すれば女性に贈ったのであろうという意見に収まるようだ。「鵜返し式」で、「儀礼的な」歌といえば、かえって役人同士のお付き合いとも受け取ることができる。

上掲の歌の創作年次は不明。続いて天平元年（729）十月七日付で、「大伴淡等《たびと》謹上」の書状が添えられて「梧桐《ごとう》日本琴一面」が都の藤原房前に贈られている（「黒牛」項参照）から、この頃の歌詠ではないであろうか。房前からは十一月八日付で礼状が発せられている。旅人の帰郷の願いの熾烈であったことの現れであろう。

房前からの謝礼の歌は次のようである。

言問《ことと》はぬ木にもありとも吾兄子《わがせこ》が手慣《てなれ》の御琴地《みことつち》に置かめやも（五-812）

十一月八日　還る使の大監《だいけむ》に附く。

謹みて尊門の記室に通はす

66 とら（虎） 漢名 虎、集中三首

かけまくも　ゆゆしきかも　いはまくも　あやにかしこき……　鼓《つづみ》の音《おと》は　雷《いかづち》の
声《おと》と聞《き》くまで　吹《ふ》き響《な》せる　小角《くだ》の音《おと》も　敵見《てきみ》たる　虎《とら》か吼《ほ》ゆると　諸人《もろひと》の　お
びゆるまでに　捧《ささ》げたる　幡《はた》の靡《なび》きは　冬《ふゆ》ごもり　春《はる》さり来《く》れば……後略

柿本朝臣人麻呂（二―199）

（心にかけて思うこともつつしまれ、口に言うことも誠におそれおおい……、鼓の音は雷の音と聞く程に、吹きたてる小角の音も、敵に向った虎が吼えるのかと人々がおびえるまでに、高く捧げた幡の靡くさまは、冬こもり　春さり来れば………）

六七一年の冬に近江宮からの脱出を企てた大海人皇子に対して或る人が呟いたという「虎に翼を着けて放てり」という言葉は有名である。その翌年六月二四日に吉野を出発して東国に向かった吉野軍が僅か一か月で勝利を手にしたのであるが、この時最も目覚ましい活躍をしたのが十九歳の高市皇子であった。持統十年（696）七月十日、太政大臣の高位で、四三歳の生涯を閉じた高市皇子に柿本人麻呂は挽歌を捧げた。

万葉集中の最も壮大な挽歌。とりわけ戦いの状況を告げる詩句に、鼓の音は雷のごとく、小角の音は虎の吼ゆるがごとくと、強烈に吉野軍の勇壮な場面を描きだしている。「敵見たる　虎が吼ゆると　諸人のおびゆるまでに」……。翼をつけた虎が吼ゆると、歌うがごとくである。その他虎の歌が二首。その一は乞食者《ほかいびと》の長歌。

愛子《いとこ》　汝夫《なせ》の君　居《を》り居《を》りて　物にい行《ゆ》くとは　韓国《からくに》の　虎とふ神を　生取《いけど》りに
八頭《やつと》取り持ち来《き》　その皮を　畳に刺《さ》し　八重畳《やえたたみ》　平群《へぐり》の山に　四月《うづき》と　五月《さつき》
との間に　薬猟…（十六―３８８５）

虎、別名　朝鮮虎

と、このように虎の生捕りを、八頭も持って来て、その皮を畳に刺し、その八重が、八重畳の序詞となり、八重畳が平群の枕詞となっている。「をりをりて」は「ありありて」と同じで、いとしい人、我が背の君は、家にずっと居続けていながら、さて何処か旅に出るという。これはどうも鹿狩りに出かけるらしい。後半で捕獲される鹿の痛みが述べられている。平群の修飾詞として虎の生捕りをおいたのは何故であろうか。虎は韓国が有名で虎の敷物は古来最上の珍品として尊重されていた。

その二は「境部《さかひべの》王《おほきみ》の、数種の物を詠める歌一首」にある。

虎に乗り古屋《ふるや》を越えて青淵《あをふち》に鮫龍《みづち》とり来む剣《つるぎ》大刀《たち》もが（十六―3833）

虎に跨って古屋を飛び越えて行き、青淵に住む鮫龍を生け捕りにしてくるような剣大刀が欲しい、という勇ましい歌である。古屋は地名であるはずであるが、何処かは不明。境部王は『懐風藻』の作者でもあるので、漢籍にも通じていて、虎や鮫龍を詠み込んだのであろう。それにしても鮫龍とは何ものであるのか。

正倉院御物に「龍虎の櫃というのがあってこれを拝観した事のある東光治氏は「体躯は虎に似ているが獅子頭で角を有し、その姿態は猿に似ている」として、おそらく作者は想像で描いたのであろうと推定している。

67 まかみ（真神）漢名　狼・山犬・豺・豺狼、集中二首

大口《おほくち》の　真神《まかみ》の原《はら》に　降《ふ》る雪《ゆき》は　いたくな降《ふ》りそ　家《いへ》もあらなくに

舎人娘子《とねりのをとめ》（八－1636）

（大口の真神の原に降る雪は、ひどくは降らないでおくれ。立ち寄る家もないのだから）

真神は「魔神」の意味とも解された。

狼のことであるが、集中で詠まれている狼は、ヤマイヌの類ということである。ヤマイヌは別名ニホンオオカミと称せられ、オオカミ中最小の亜種で、四肢と耳が短く、体長九五～一一四センチで、中型日本犬程の大きさらしい。性質は荒く、夜間群れをなして彷徨し、飢えると、人畜をも害したのである。この凶暴な性質のゆえに逆に畏怖され、畏敬せられて大神とも称せらた。真神というのも同じ思想に由来するものであろう。ニホンオオカミは、各地に話題を残しながら、一九〇五年に吉野で捕獲されて以来絶滅したといわれている。

作者の舎人娘子は伝未詳ながら、舎人皇子との間のほのぼのとした相聞歌があるの

真神の原

と、大宝二年の持統太上天皇の三河行幸に参加した記録が残っている。では相聞歌をあげよう。

皇子「大夫《ますらを》をや片恋せむと嘆けども醜《しこ》の大夫なほ恋ひにけり（二―117）」

娘子「嘆きつつますらをのこの恋ふれこそわが髪結《かみゆい》の漬《ひ》ぢてぬれけれ（二―118）

舎人皇子のひたすらな、されど、やや照れ気味の、無骨な恋の告白に対して、舎人娘子は優しく、その恋を受け入れて、歌をお返しする。御立派な方が恋に嘆いて下さっていたので、わたしの髪の結び目がぬれて、ゆるんでしまっていたのですよと、恋ごころが伝わって髪がぬれるという俗信をさりげなく借用してわが心を伝えるゆかしい歌。舎人皇子といえば天武天皇と新田部皇女との間に生まれた唯一の皇子であり、『日本書紀』編纂を主宰し、後に知太政官事の任についている。娘子は舎人氏家の娘であったかも知れない。

「大口の真神の原」は明日香であったことが『古風土記逸文』から分かる。現在も明日香は古き頃の名残をとどめているが、万葉時代には、雪が振るのに旅人が身を寄せる家もないような寂しいころであったことが舎人皇女の歌からも分かる。狼も出て民家の人々を震えあがらせた。「むかし明日香の地に老狼在ておほく人を食ふ。土民畏れて大口の神といふ。その住む処を名づけて大口の真神原と云々（枕詞燭明抄）」とある。他の一首も寂しい真神の原を伝える。

三諸《みもろ》の　神奈備山《かむなびやま》ゆ　との曇り　雨はふり来ぬ　雨霧《あまき》らひ　風さえ吹きぬ　大口《おほくち》の　真神の原ゆ　思ひつつ　帰りにし人　家に到りきや（十三−3268）

反　歌

歸りにし人を思ふとぬばたまの其の夜はわれも眠《い》も寝《ね》かねてき（十三−3269）

68 むささび（牟佐々婢・武佐左妣）漢名　鼯鼠、集中三首

大夫《ますらを》の　高円山《たかまとやま》に　迫《せ》めたれば　里《さと》に下《お》りける　鼯鼠《むささび》そこれ

大伴《おほとも》坂上《さかのうへの》郎女《いらつめ》（六―1028）

（勇者が高円山で攻めたので、里中に下りて来たむささびでございます。これは）

聖武天皇が高円の野で遊猟された時（天平十一年）勢子に追われて、一匹のムササビが春日の里の方まで逃げてきた。それが生け捕りされたのを見て、坂上郎女が歌を添えて天皇に献上しようとした。これがかの勇敢なる者の取り押さえましたる「ムササビ」でございますと。残念なことにムササビは献上する前に死んでしまったので歌はそのままになった。この他にも郎女の天皇献上歌は三首ある。彼女は佐保大納言大伴安麻呂の娘で、母は石川内命婦である。母のように宮廷に仕えることを希望したのかも知れない。しかしそれは実現せずに、才気煥発と評される作風をもって、万葉女性歌人となり、額田王と双璧をなす足跡を万葉集に残したのである。

さて、ムササビに似た動物にやや小さいモモンガがいる。両者とも鼯鼠の漢字が使

用されるので、万葉のムササビはムササビ属とモモンガ属の総称ということらしい。モモンガの方がやや小さいが、目は大きくてかわいい。両者とも森林に住み夜行性で、高い木の梢から低い木の幹へと一八〇メートルは空中滑走をする。木から木へ飛び移る時に鋭い声を発する。ムササビは哺乳綱齧歯《けっし》目で、リス科の一種である。リスに似た姿をしているが、四肢を拡げると大きな飛膜となって、木々の間を空中滑走をするのに有効なはたらきをするのである。

今日ムササビは、高野山、吉野山、鞍馬山、日光、奥山などの深山を棲場所としている。万葉時代には奈良の山にも棲んでいた。夜行性なので、昼間に飛び出してくれれば、大騒ぎになって、天皇献上にまで発展したのである。他のムササビの歌も取り上げておこう。

鼯鼠は木末《こぬれ》求《もと》むとあしひきの山の
猟《さつ》夫《を》にあひにけるかも（三－267）

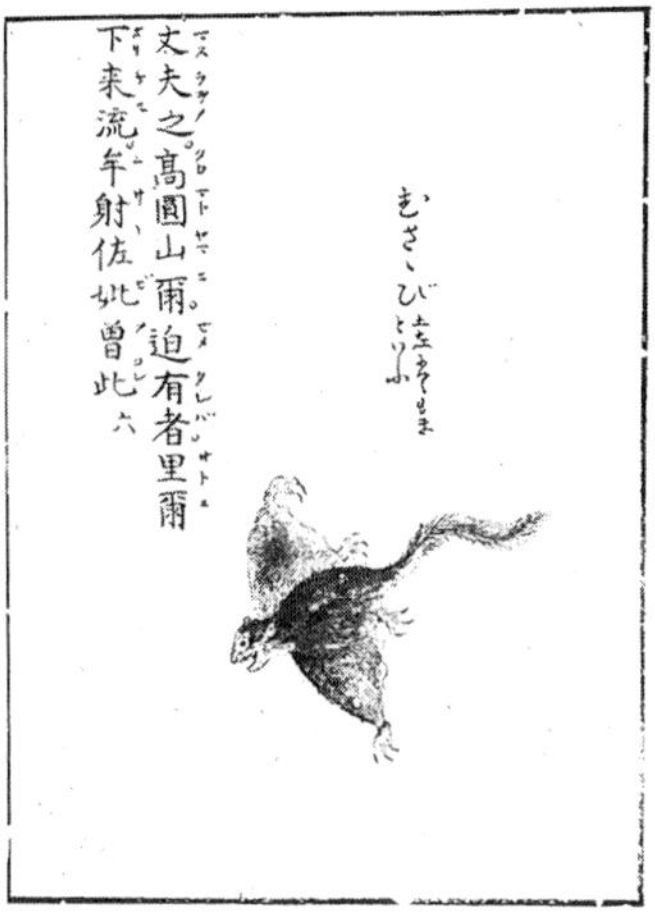

別名　ももんが、のぶます
鹿持雅澄著「萬葉集品物図絵」から

これは志貴皇子の御歌である。

むささびは木末（梢）を求めようとて飛びまわっていて、山の獵夫に会ってしまったのだなあ。打ち落とされてしまったのだ。この歌にはなにかの寓意がある（頭注）と言われているように、志貴皇子の自戒の歌といってよい。天智天皇の皇子であって壬申の乱後に生きていくには、天武・持統朝において頭角を現すことを控えねばならなかった皇子のひそかな決意を、むささびの悲劇から学んでいた。

三国山《みくにやま》木末《こぬれ》に住まふむささびの鳥待つが如吾待ち痩せむ（七―1367）

これは作者不明の「獣に寄す歌」で、切ない恋心を訴えるもの。食事も喉に通らないほど恋い焦がれているのである。三国山は、三国の境をなす山の名として何処にでもあるので、特定することができない。（ムササビを新聞に執筆中のこと、奈良公園の奥に行くと現在でもムササビが棲息していますよ、という葉書を読者の方から頂いたので付け加えておきます）。

69 をさぎ（乎佐藝）漢名 兎・野兎、集中一首

等夜《とや》の野に 兎狙《をさぎねら》はり をさをさも 寝《ね》なへ児《こ》ゆえに 母《はは》に嘖《ころ》はえ

作者年代不明（十四―3529）

（等夜の野で兎を狙っているのではないけれど、をさをさも、ろくに寝もしない児のために、母親に叱られてしまって）

ヲサギはウサギの古名。等野の野には諸説があるが、何処かの地名というのが一般的な解釈である。

「とやの野で兎を狙っている」というのは、をさをさにかかる序詞であって、直接に内容にかかわってはいない。相聞歌としては、「をさをさも寝ない児なのにその母親に叱られる」なんて、全く損な役割を背負わされてしまたものだ、と作者は、チェ！と舌打ちをしている。万葉時代の娘たちには、かなり厳しい母親の監視の目が光っていたようだ。作者はウサキ（娘）を狙っていて、捕らえる前に、その母親に見つかってしまったということなのであろうか。

乎佐藝、別名　ウサギ
鹿持雅澄著「萬葉集品物図絵」から

古代では兎は主要な狩猟獣の一つで、毛皮や肉が利用されたばかりではなく、正倉院文書によれば兎毛は筆毛としても使用されていて、兎毛の筆は最高級で藤原仲麻呂が、渡来してきた鑑真和尚に贈っているほどである。歌に詠まれているのは上掲の一首のみであるが、借字として使われているのに「兎原処女〈うなひをとめ〉(九－1809・10)」、「兎原牡士〈うなひをとこ〉(九1809)」、「兎楯頃者〈うたてこのごろ〉(十－1889)」などがあって「ウ」とも呼称されていたことがわかる。

『古事記』の伝説に見えるイナバの白ウサギは、隠岐国からワニ(爬虫類のワニではなく、ワニザメ即ちフカの事)の群れを橋にして渡ったり、童話ではウサギとカメの競争でウサギは眠り込んで終ったりして、良い評判を残していないが、中宮寺の天寿国繡帳の中にもカメと共に一匹のウサギが織り込まれている。このウサギはお月様のなかで餅をつくのではなくて、不老不死の薬草をついているのだそうである。

ウサギは最近まで齧歯《けっし》目《もく》中の亜種で、ネズミ、リス、モルモットと同類とされてきた。両者は血縁の遠いことが明かになって、ウサギには独立の目が与えられるようになり、哺乳綱ウサギ目に分類される。大別して野ウサギと穴ウサギ。両者ともに繁殖力が旺盛で、多産と豊饒のシンボルとされる。さて野兎には月に関係した物語が多い。それは日中に物陰に隠れていて、夜に活動するからである。満月の夜は森の空き地を走りまわる。また野兎の象徴的ムードは優しくて温和。月明かりにふさわしい。そこで月面の陰影が野兎の足跡であるとの説話は、アフリカにも、アジアにも、北米にもある。

70 いさな（鯨魚・鯨名・勇名・伊佐魚）漢名 鯨・鯨鯢 集中十二首

鯨魚取《いさなと》り 海《うみ》や死《し》にする 山《やま》や死《し》にする 死ぬれこそ 海は潮干《しほひ》て 山は枯《か》れすれ

作者年代不明（十六―3852）

（鯨魚を取る海は死ぬだろうか。山は死ぬだろうか。死ぬからこそ海は潮の引くことがあり、山は枯れるのだ）

上代歌謡の『神武記』に「いすくはし（魚のすぐれたる）くぢらさやる」（久米歌）とある。宇陀の高城に鴫羂（しぎわな）を張っておいたら、鴫がかからないで、海のクジラが捕れた（さやる）という意外性の滑稽さを楽しむ民謡のなかの言葉。「いすくはし」は鯨の枕詞で、「鯨取り」を「勇魚取り」に置き換えて意味をとってくれば、勇ましい魚となって魚のすぐれたものとせられていたことが分かる。イサナを詠み込んだ歌のすべてがイサナ取りの語に続く。それは海、灘、浜、湖などの枕詞として用いられている。古くからクジラは海岸に漂着して、捕獲されることがあったからであろう。「鯨一頭よく七浦を賑わす」と言われるほどクジラは人間に多くの幸をもたらした。

鹿持雅澄著
「萬葉集品物図絵」から

動物学者によるクジラの親子関係の紹介によれば、雌雄の愛や、子への愛がとりわけ強く、雌を捕獲しようとすると、雄は雌を守ろうとする。逆に雄に接近すると雌は逃げてしまう。多分、子を守るためだろうと。この雌雄の愛のすれ違いドラマも、種を残そうとするクジラの自然的愛のなせる知恵にちがいない。

歌の内容についてみると、通説によれば山や海も死ぬという万物流転説、もしくは無常観を思想的背景とする。一方、この歌は旋頭歌で、前半と後半の対話形式となり、前半の反語表現によって「そのようなことはない」と、否定を強調すれば逆の意味にもなる。折口信夫氏の「あの海や山は死なないで、人間ばかりが死ぬものだろうか」という微妙な解釈もある。

「海の潮干、山の枯れ」を死と見做せば、海山も死ぬことになろうが、春になれば自然は甦るといえば、自然は不死とも言える。これを現代の文脈に置き換えるならば、海に魚が住めなくなり。山が木を育てなくなった時が海と山の死を意味することになろう。

日本近海に鯨は、およそ三六種類程もあるとのこと、口が大きく、歯のあるのと髭を持つのとがあって、前者が歯鯨、後者が髭鯨と言われる。歯鯨はナガスクジラ、シロナガスクジラ、イワシクジラ、ザトウクジラ、コククジラ、セミクジラなどであり、歯鯨ではマッコウクジラ、ゴンドウクジラなどが挙げられる。今日では別扱いにされているイルカ類やスナメリ、サカマタも加えて、総称して古代ではクジラ、またはイサナと言われていた（東光治）。とすれば、万葉歌の枕詞「鯨取り…云々」という時、どのような鯨が海岸に漂着していたかは、想像することすら不可能である。但し「鯨取り」が枕詞として使用される歌は、冒頭の旋頭歌と短歌一首を除くと、他の十首すべてがの堂々とした「長歌」。さらに、そのうちの七首までが挽歌である。（鯨の取れる程）海原は大きく、遥かであって、歌もまた当然の如く詠嘆の調べが相応しい。（「いさな」の分類に苦慮した。そこで、「鯨魚（いさな）」の万葉仮名の単純な図式によって、「哺乳類」と「魚介類」の間に位置づけ、「哺乳類」の末尾におくことにした）。

魚介類

71

あはび（鰒）　漢名　鮑・鰒・石決明、集中二首

大海《わたつみ》の　沖《おき》に持《も》ち行《ゆ》きて　放《はな》つとも　うれむそこれが　生還《よみがえ》りなむ

通観僧《つうぐわんほふし》（三—327）

（海の沖へ持って行って放とうとも、どうしてこれが生きかえろうか）

愉快な通観という僧（伝未詳）の話。

いたずら好きな娘たちが真面目な僧に戯れた。包んだ乾鰒を僧に贈って呪願《かしり》を請うた。すなわち、これが生きかえるように祈願してもらいたいと頼んだということである（題詞）。呪願の文を唱えて放生することを求めたのだが乾鰒だからできない相談で、「戯《たはぶ》れに」となる。僧もさるもの、負けてはいない。海の沖へ持って行って放とうとも——「うれむそ」——どうしてこれが生きかえることがあろうかと逆襲した、というユーモラスな歌である。それ以上の詮索は不必要という意見（『注釈』）に従っておきたい。

鰒に関連した鰒珠、真珠、白珠、玉の歌は多いけれど鰒貝を語句として使用しているのは次の一首である

伊勢の白水郎《あま》の朝な夕なに潜《かづ》くとふ鰒《あはび》の貝の
片思《かたもひ》にして（十一-2798）

伊勢のアワビ取りの海女が、朝夕に潜って取るというアワビのように、私の恋は片思いです。「伊勢（磯）の鰒の片思い」と言われるように、今日では志摩が鰒の主産地であるが、古代では「伊勢の海人の」鰒がむしろよく知られていたのではないか。

通観僧に贈られた「乾鰒」は、古代ではかなり貴重な嗜好品であった。近年、平城京跡の発掘から知られた長屋王に贈られたところの木簡の墨書「長屋親王宮鮑大贄十編（一九八八年）」はまだ人々の記憶に残っている筈である。

志摩の海女

本来鰒は、生のままで筋肉、内臓共に食用に供されるのであるが遠隔地への輸送のために乾鰒がつくられた。いかに古代人が鮑を珍重したかについては、『正倉院文書』

に登場する貝類の筆頭が、鰒で、以下「蜆・蛤貝・白蛤・蠣・蜷・小螺・石花貝・志貝・貽貝（貝食分科考）」となっている。また朝廷への貢物としても、まず鰒が挙げられることからもその貴重性がよく分かる。賦役令には正丁一人の納額を鰒十八片と定められているから相当に高価な品である。当時の鰒の生産地としては伊勢、紀伊、淡路、能登などを挙げることができる。鰒珠はさらに珍重された古代人の宝であって、鰒珠の歌が六首ある。

紫緑色の鰒珠もあるが、何といっても白珠が好まれたようだ。そのなかにはアコヤガイ真珠も交じっていたかも知れないと言われていて歌意から推定しようとする。

海神《わたつみ》の持てる白玉見まく欲《ほ》り千《ち》たびそ告《の》りし潜《かづき》する海人《あま》（七―1302）

大海の水底《みなそこ》照らし沈《しづ》く玉斎《たまいは》ひてとらむ風な吹きそね（七―1319）

右の二首に見える「海神の持つ白玉」と「水底に光る玉」は、いずれも白珠のようであるが、アコヤガイ真珠であるのか、あるいはアワビタマ真珠であるのかを判別することは難しい。

72　あはびたま（鰒珠・鰒玉・安波妣多麻）　集中五首

珠洲《すず》の海人《あま》の　沖《おき》つ御神《みかみ》に　い渡《わた》りて　潜《かづ》き採《と》るといふ　鰒珠《あはびたま》　五百箇《いほち》もがも　はしきよし　妻《つま》の命《みこと》の　衣手《ころもで》の　別《わか》れし時《とき》よ……中略……心慰《こころなぐさ》に　ほととぎす　来鳴《きな》く五月《さつき》の　菖蒲草《あやめぐさ》　花橘《はなたちばな》に　貫《ぬ》き交《まじ》へ　蘰《かづら》にせよと　包《つつ》みて遣《や》らむ

大伴宿祢家持（十八-4101）

（珠洲の海人が沖遠い神の島に渡って、もぐっては採るという鰒の珠を五百個もほしい。いとしい妻と衣の袖を分かって以来……（妻のこころ）の慰めに、ほととぎすが来て鳴く五月の菖蒲草や花橘にまじえ通して、蘰にするようにと鰒珠を包んで贈ろう）

アハビは貝類中で最も美味な御馳走であったばかりではなく、古代人はその真珠に格別の愛着を寄せていた。武烈天皇に関連して影媛の物語がある。太子であった頃のこと、影媛を呼んで「玉ならば我欲る玉の鰒白玉」と歌い、恋情を訴えた。アコヤガヒ真珠に比してアハビ真珠は、いささか紫緑色を帯びているといわれるが、白玉もあったようである。このほうは特に珍しく貴重であったのか、最高に敬愛するものの喩えに用いられたのである。

さて家持がこの歌を詠んだのは天平勝宝元年五月十四日のこと、何か考えるところがあったものと思われる。

鰒の珠を五百箇ほどもほしい。「……菖蒲草や花橘と一緒にこの真珠を貫き交えて蘰にせよ」と京の家に贈り、妻の大嬢を越中に呼び寄せようとしている。アヤメ草は、花アヤメではなくショウブのことで、蘰や薬玉にしたものである。カキツバタの歌は七首ある。

家持は天平十八年六月越中に赴任すると間もなく、弟書持の死の知らせを受け挽歌を捧げている。さらに翌年の春には死ぬのではないかと危惧されたほどの大病にかかった。病床に臥す苦しみと孤独感にさいなまれて、しきりに妻の下向を求めていた。同月の二八日に「家持京に向かう時の予作歌」があるから、その頃に彼は妻を迎えるため帰京したのであろう。これによって精神的安定を得たの

鰒　珠

かその後は実に意欲的な作歌活動を展開し、天平勝宝三年七月に帰京するまで万葉歌人としては恵まれた越中五年間を過ごした。

妻の大伴大嬢は万葉歌人としてはあまり成長しなかったらしい。京に贈る母坂上郎女への便りは、家持が代作させられていたようで彼女はもっぱら家婦の役に専念していた。ところで万葉集成立に関するある研究論文のなかで、その編集についてならば、大嬢もかかわり、貢献したのではないか、との説を拝見した。その点についてはありうることだと賛成したい。というのは母のもとで、かなり歌の勉強をさせられていたらしいからである。

「潜き採る」真珠の潜水漁法は、古くて遠いペルシャ湾での漁法と同じで、海のシルクロードに通じるものだといわれる。

葛井連大成《ふぢゐのむらじおほなり》の、遙かに海人《あま》の釣船を見て作る歌一首

海人少女《あまおとめ》玉求むらし沖つ波恐《かしこ》き海に船出《ふなで》せり見ゆ（六―1003）

73 あゆ（鮎・年魚・阿由・安由）漢名 鮎・年魚・銀口魚・細鱗魚、集中十三首

隼人《はやひと》の 瀬戸《せと》の磐《いはほ》も 年魚走《あゆはし》る 吉野《よしの》の滝《たき》に なほ及《し》かずけり

大伴旅人《おほとものたびと》（六-960）

（隼人の瀬戸の岩石も、鮎走る吉野の滝の景色にはやはり及ばないことだ）

薩摩の瀬戸の巨岩と、吉野の宮滝の激流の光景が比較されているだけで、鮎が主題なってはいない。しかし、鮎走る吉野の滝といわれるように、吉野は今日に劣らず鮎の名産地であったのがわかる。また吉野川では鵜飼いも行われていた。持統天皇の吉野行幸に従駕した際に、柿本朝臣人麻呂が詠んだ三八番歌の中にその言葉がある。長歌なのでその部分だけを抜き出してみれば、

…上《かみ》つ瀬に鵜川《うかは》を立ち 下《しも》つ瀬に小網《さで》さし渡す…（一-38）

とある。鵜川とは、鵜を使って魚を取らせること、小網さし渡すとは、小網を入れ魚

をすくい取ることを意味する。女帝の吉野行幸は三十回余あり、なかでも春四月が多い。この行幸の日時は明らかではないが、鵜飼いともなれば若鮎のシーズンであったかと推定される。

鮎は優美にして新鮮そのもの。その味は淡泊で引き締まった白身の舌触りの風味がすばらしい。万葉人はこれをどのように調理して賞味していたのだろう。本来、鮎はサケ科に属するが魚学の権威ジョルダン氏がアユ科という特別の一科を設けたので、外国でもアユで通用するようになったらしい。鮎は清らかな水にしか棲まない。濁った川の多い処ではあまりとれず、なお水の清らかさが残る日本が主産国である。僅か一年の生命なので一年魚と書き、アユと訓むのは、なかなかに意味深長な表現である。

鮎、別名　あい

さて鮎の一生は卵からはじまる。産卵は十〜十一月の夕方からであって、砂礫に産み付けられた卵は二週間ほどで孵化する。全長六〜七ミリで、川から海へ。海中でプランクトンを食べ、越冬して稚アユとなり、春には川に上る。溯上時刻は日中のみ。

五〜七月に中流域まで来て定住。八〜九月に最大長に達する。その後、生殖巣が熟すると、増水とともに朝夕に下流の産卵場に向かうのである。産卵後は多くの親アユは死んでしまう。

春期に川を遡る鮎が上り鮎で、万葉では若鮎、鮎児《あゆっこ》といわれる。旅人の「松浦河に遊ぶ序」の少女に擬した若鮎の象徴的な、多分旅人自身の創作であるかも知れないが、蓬客《ほうかく》ら（旅人と従者たち）の贈歌に対して「娘子等、更に報ふる歌三首」がある。

若鮎《わかゆ》釣る松浦の河の河波の並《なみ》にし思《も》はばわれ恋ひめやも（五―858）
春されば我家《わぎへ》の里の川門《かはと》には鮎子《あゆこ》さ走る君待ちがてに（五―859）
松浦河七瀬《まつらがわななせ》の淀はよどむとも我はよどまず君をし待たむ（五―860）

河波のナミと並々のナミとをかさねて、あなたに寄せる恋は並々ならぬ思いですとの、若鮎のような娘子たちのご挨拶。春になりますと私の家がある里の川の瀬戸では鮎子さがはしります。あなたをまちかねてと、再度の訪問を約束する娘子たちの声は無邪気である。

74　いそがい（磯貝）磯辺の貝類の総称、集中一首

水潜《みずくく》る　玉《たま》にまじれる　磯貝《いそがひ》の　片恋《かたこひ》のみに年《とし》は経《へ》につつ

寄物陳思・作者年代不明（十一―2796）

（水にしずむ玉にまじる磯貝のように、片恋ばかりしているうちに年がすぎてしまうよ）

水底の玉にまじる磯貝の片貝のように、片恋ばかりで年が過ぎて行く。作者年代が不明であっても、なにか切ない歌である。

磯貝という種はないから、浜辺の種々の貝の総称であろう。「磯辺に寄せて見捨てられている貝。一枚ずつに離れているので片にかかる枕詞」（古語辞典）として使用される。

この説明で十分なのだが、具体的に追求すると言葉と実物との関係が微妙に食い違ってくる。「水くぐる玉は亦ひめずな、まめずな等、一切の浜砂をさせるなり。そのひめずな、まめずなの中に磯貝の殻まじれるなり」（萬葉古今動植正名）。この場合には、ヒメズナ、マメズナを玉として、浜砂に打ち寄せられて玉砂に交じっている片われ貝

のごとき片恋の歌となるけれども、「通常磯というと、干潮時に水上に露出する岩礁のこと」（東光治）となれば浜砂は磯のカテゴリーから排除されてしまう。そしてその線を押し進めれば、磯蠣とは岩礁に固着するカキのこと、磯鵯《ひよ》は海岸の岩礁に住む小鳥の一種、磯魚は岩礁の間に棲む魚類だから、磯貝のなかに二枚貝の片われを含ませるのは無理だとなり、『代匠記』の「磯貝は石貝といふ心にて鰒（あはび）なり」の説が浮上してくる。

磯　貝

さらに「磯貝はアハビの異名なり」の強引説まで出てくる。かりにそこまでは徹底しなくとも、「アハビは磯貝の一種であって」、磯のアハビの偏（かたかた）の恋は、片恋の枕詞によく合うというのである。

日本産でもアワビは二一種もあり、マダカは水面下三、四十メートル、普通で五、六メートルの海底に生息する。波浪の影響を受けないためである。海底の岩礁も磯と言ってよく、万葉時代の真珠は鰒白玉であったことは歌からも知られる。また『武烈紀』において

琴上《ことがみ》に来居《きゐ》る影姫玉《かげひめたま》ならば吾欲る玉のあはび白玉（紀歌謡９２）

とすれば「水くぐる玉」は「水底に沈む真珠玉」のことでであろうと解釈され「磯貝は鰒なるべし」となる。即ち水底に沈む鰒貝のような人に知られない片恋の歌。これはとても情趣があるけれど、私は浜砂のかたわれ貝にも捨て難い趣をいだく。磯を岩礁に限定しないで海辺の風景全体とする。水潜る玉は、寄せては返す浜辺の波に洗われ輝く砂粒たち。その砂粒の玉にまじる片貝を見て、海辺に立つ作者は片恋の歌を詠んだ。一方水底の鰒貝の片恋歌は海人の世界に相応しい、水底に目が届くのは海人より他にいないとすれば。（七一番の「あはびの歌」参照）

秋風は継《つ》ぎてな吹きそ海《わた》の底おきなる玉を手にまくまでに（七―一三二七）

いずれにせよ、貝の造形の巧みさは、自然が産む素晴らしい芸術であり、万葉人の恋の詩情を多彩に映し取ったのである。

75 うつせ貝（打背貝） 空の巻貝、集中一首

住吉《すみのえ》の　浜《はま》に寄《よ》るとふ　うつせ貝《かひ》　実《み》なき言以《こと も》ち　われ恋《こ》ひめやも

寄物陳思・作者年代不明（十一―２７９７）

（住吉の浜に寄るという貝殻のように、実の無い言葉だけで私が恋をするでしょうか）

食生活の多くを自然の恵みに頼っていた万葉人にとって魚貝類は貴重である。大魚のクジラ、カジキ、マグロ、カツオなどには既に遠海漁業が行われていたらしい。スズキ、サバ、サワラ、コノシロ、イワシ、カニなども捕獲されていた。川魚ではコイ、フナ、ウナギ、アユなど。鵜飼あり。宇治川では氷魚（ひを）の網取りがなされていた。貝類ではハマグリ、アサリ、カキ、シジミなどで、魚類とは比較にはならないにしても、食卓を賑わしていたのである。とくにアワビは高級品として珍重されていたことは、今日の状況と大してかわらない。

さて「うつせ貝」とはどのような貝なのであろうか。「中身の空な貝、アサガオガイ・ルリガイなどの巻貝の殻であろう」（岩涛頭注）ということである。アサガオガイ

は、世界の温、熱帯に広く分布、殻高二〇ミリほどで蝸形の浮遊性。殻は薄く脆く淡紫色。嵐の後によく海岸に打ち寄せられるという。ルリガイはアサガオガイ科で殻高四〇ミリ、殻径三五ミリの浮遊性の巻き貝。殻薄くてもろく淡紫色（動物図鑑）。両者ともに殻がきれいで、もろく弱い点が共通なのであろう。既に契沖が「空になりたる貝」をうつせ貝としている。

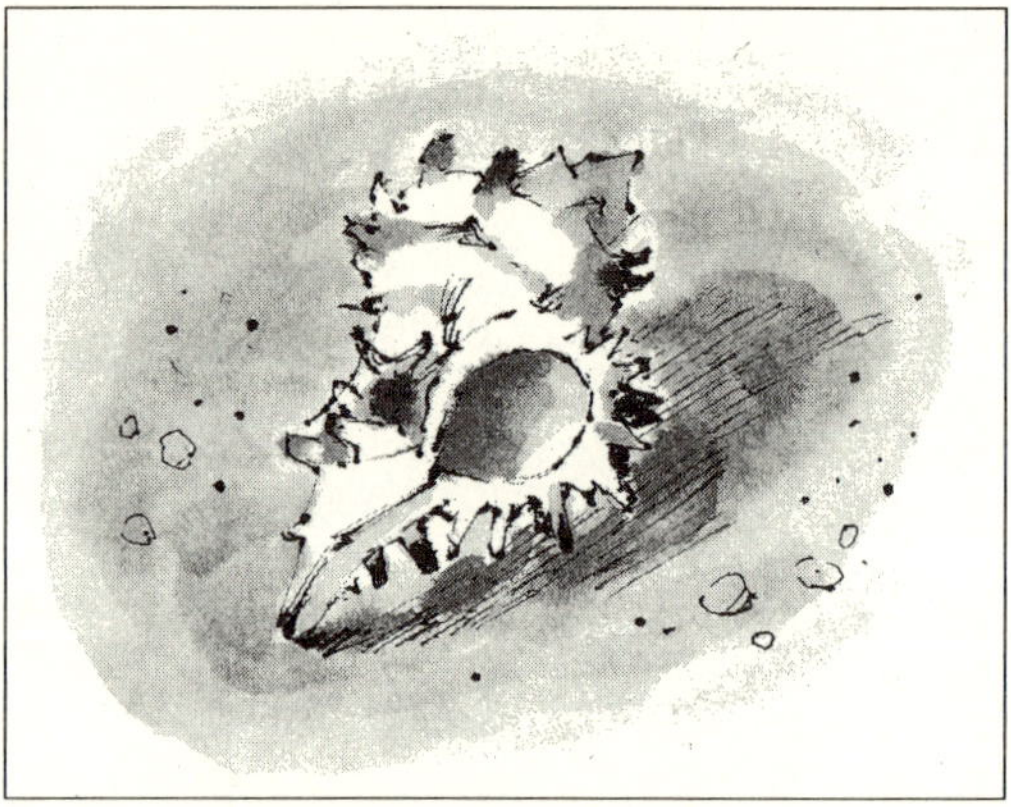

虚貝、空になった巻貝

賀茂真淵が異論を提出する。すなわち「こは虚になりたる石花貝（せがい）の身の無きをもて実なき言にいひかけたり」（冠辞考）。集中に石花と書いて「セ」とよませていることから推して、石花貝＝せがいが虚になっているのを「虚石花貝＝うつせがい」といったのであると解釈する。ではこの石花というものを生物界に求めると「カメノテ」のことであるらしい。カメノテは岩礁の岩の割れ目に群生固着して『和名抄』にあるように亀の手に形が似ていところから名付けられている。カメノテの死んだのを「うつせがい」とする研究者があった。しかしそれは文献にたより過ぎている。カメノテは死ねばバラバラになって貝殻の形をなさないし、住吉のような岩礁のない砂浜には棲息しないので、ふさわしくないと反論される。「打背貝」の表記からしても「虚石花貝」は当らない。ともあれ、うつせ貝は空になった巻貝のことなのである。

およそ巻貝の形は絶妙であるし、貝の模様も美しい。だが色、形の外観がいかに美しくとも中身が空であっては虚飾の美になってしまいかねない。そのように例えてみると「うつせ貝」の呼称には、歌の後半「あなたの実のない言葉だけで、私はあなたに恋をするでしょうか」と、「打背貝」の心は微妙にゆらぐのである。

76

かつを（堅魚）漢名　鰹・堅魚・松魚、集中一首

春《はる》の日《ひ》の　霞《かす》める時《とき》に　墨吉《すみよし》の　岸《きし》に出《い》でゐて　釣船《つりふね》の　とをらふ見《み》れば　古《いにしえ》の
事《こと》そ思《おも》ほゆる　水江《みづのえ》の　浦島《うらしま》の子《こ》が　堅魚釣《かつをつ》り　鯛釣《たひつ》り矜《ほこ》り　七日《なぬか》まで　家《いへ》にも
来《こ》ずて　海界《うなさか》を　過《す》ぎて漕《こ》ぎ行《ゆ》くに　海若《わたつみ》の　神の女《をとめ》に……中略……　後遂《のちつひ》に
命《いのち》死《し》にける　水江《みづのえ》の　浦島《うらしま》の子《こ》が　家地《いへどころ》見ゆ

高橋連虫麻呂《たかはしむらじむしまろ》歌集（九―1740）

（春の日の霞んでいる時に、墨吉の岸に出ていて釣り舟のゆれているのを見ると、昔のことが思われるよ。水の江の浦島の子が鰹を釣り、鯛を釣り、得意になって、七日の間も家に帰らず、海のはてを過ぎて漕いでいくと、海神の少女に（ゆくりなくも行き逢い、求婚の同意ができたので、契りかわして常世の国に至り）…後には息も絶えてついに死んでしまた水江の浦島の子の家のあった地が見えるよ）

堅魚の字義からいえば、カツヲは生食されたのではなく、乾し固め、いわゆる鰹節に製して食したと推定される。

古代の家の屋根に並べるものを堅魚木と称した事からも納得できる。万葉歌人に石

上堅魚の名があるが、カツヲ釣りが出てくるのは浦島子伝説の長歌のみである。古代の捕獲方法も今日で言うカツヲの一本釣りのようなものであったろう。

ところで通常の浦島子伝説では登場する動物が「亀」であるのに万葉ではカツヲやタイを釣る男の話になっていて亀が出てこない。内容的に言えば、伝説では亀が女に化身（異類婚姻譚）して浦島子と夫婦となり蓬来山に向かうが、万葉歌では海神の娘と出会い、向かうのは常世の国とあり、より抽象的になっている。

堅魚釣

『雄略紀』、『丹後国風土記』、『釈日本紀』、『扶桑略記』などの伝えるところと、万葉歌浦島子との相違のポイントは作者の高橋虫麻呂にあると思う。『注釈』を参考にすれば「彼は常陸国風土記の制作にも関係した人で、雄略記や丹後国風土記も読んでおり、浦島子が丹後筒川の人だということは知っていたが、そこへは容易に行けなかったので、摂津の住吉の岸に立ち（釣り船を見て）書物からの知識をもとに〈創作〉した」のであろうとある。反歌がある。

常世辺《とこよへ》に住むべきものを剣大刀己《な》が心から鈍《おそ》や（間抜けた）この君（九―１７４１）

常世の国にいつまでも住むはずであったものを、お前はなんと、心から愚かな男だと思うよ、といいながら、此の世とはそうしたものだという虫麻呂の人生観が裏の声となってつけ加えられている。現世は常世にあらずして、生死の荒波にさらされている。虫麻呂は心から同情せずにはいられない。

禁断の箱を開けて、幸福を失った愚かな浦島子よ！

77 かひ（貝）集中五首

妹《いも》がため　貝《かひ》を拾《ひり》ふと　血沼《ちぬ》の海《うみ》に　濡《ぬ》れにし袖《そで》は　乾《ほ》せど干《かわ》かず

作者不明（七―1145）

（わが妻の為に貝を拾うとて、ちぬ（陳奴）の海で袖を濡らしてしまった。その袖はほしていても、ちっとも乾かないよ）

ただ貝とだけあるので、どのような貝なのかは不明である。右の歌は『萬葉動物考』では「忘貝考」に入れられている。貝の種類が曖昧なところに特徴があるので特記を省略することにした。

万葉集では、忘貝がよく詠まれている。恋忘貝、旅忘貝、夏忘貝などいろいろがある。契沖の解釈は「わすれ貝はうつくしき貝故に見ればうき事を忘るとて名づく」とあって、さすがである。作者は美しい巻き貝でも拾って妻へのみやげにしようと楽しんでいるのであろうか。こころやさしい歌である。濡れた袖を乾しても干かないというのは、涙の乾く間もなくしで、独りぼっちのわびしさを訴えたものなのか。

血沼の海（茅淳の海）は『神武記』の五瀬命《いつせのみこと》が傷の血を洗ったという故事に因んで名付けられたらしい。それは和泉の海（大阪府の泉北・泉南の両郡にわたる）であって、摂津の歌に入っているところからしても、住吉あたりまでも含められていたのであろうということが分かる。

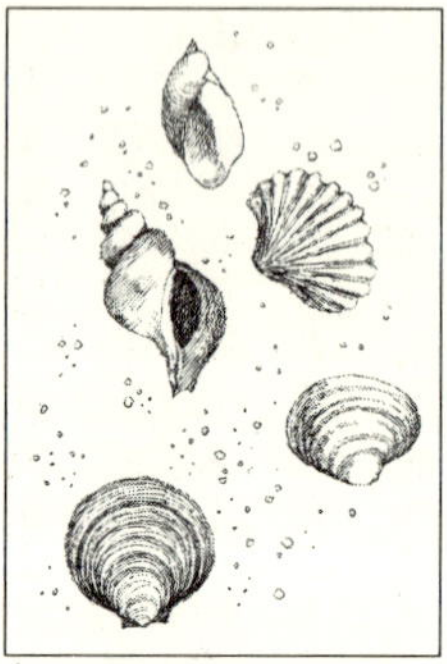
浜辺の貝殻

さて『万葉集』には作者不明歌が二一〇三首ある。四五〇〇首の半数に近い。巻七はほとんど全部作者不明ではあるが、大半は官人層の行幸従駕の作で「個性がはっきりしている」、「民謡ではなくまさに文芸である」などと評価されている。上掲の歌は「摂津にして作る歌二一首」のなかに入っているので、彼は、行幸に従い、一行に加わわっていた者と推定される。とはいうものの、名もなく地位もない一人の官人。これは作歌年次も定かではないのだが、彼にとってそのことはあまり深刻な意味をもつとはいえない立場のものであったのではないか。

ただ貝とのみあって、特定化されていない歌があと四首ある。すべてを挙げてみれば、まずは人麻呂の妻といわれる依羅娘子《よさみのをとめ》の作れる挽歌がある。石川の場所の比定をめぐって議論の多い歌。

今日今日とわが待つ君は石川の貝に交りてありといはずやも（二―224）　依羅娘子

家《いへ》づとに貝《かひ》を拾《ひり》ふと沖辺《おきへ》より寄《よ》せくる波に衣手《ころもで》濡《ぬ》れぬ（十五―3709）　作者未詳

波立てば奈呉《なご》の浦廻《うらま》に寄る貝の間無き恋にそ年は経にける（十八―4033）　田辺福麻呂《たなべのさきまろ》

家づとに貝そ拾《ひり》へる浜波はいやしくしくに高く寄すれど（二十―4411）　大伴家持

二首に「家づと」の言葉がある。すなわち家への土産にしようとて貝を拾っている。美しい貝であれば種類を問わない。旅のこころづくしである。「いやしくしくに」は浜の波がいよいよ高くなって来たけれも、土産の貝は拾って置かなければと作者は思う。家持が防人が家族との別れを惜しむ情景に触れて、防人に代わって詠んだ長歌の反歌である。作者未詳の恋歌の奈呉の浦廻は富山県の新湊市で、当時は国府の前に海が見えていた。浜辺に寄せる貝の間無きがごとく、長年にわたる恋といっている。およそ磯に寄る貝は「片われ貝」が多いそうであるから、これも片恋はないだろうか。

78

かに（蟹・葦河爾）漢名　蟹、集中一首

おし照《て》るや　難波《なには》の小江《をえ》に　盧作《いほつく》り　隠《たま》りて居《を》る　葦蟹《あしがに》を　大君召《おほきみめ》すと　何《なに》せむに　吾《わ》を召《め》すらめや　明《あき》らけく　吾《わ》が知《し》る事《こと》を　歌人《うたびと》と　吾を召すらめや　笛吹《ふえふき》きと　吾を召すらめや　琴彈《ことひき》と　吾を召すらめや……後略

乞食者《ほかひびと》（十六―3886）

（照りわたる難波の入江に　小屋を作って離れ住んでいる葦蟹を大君が召されるという。どうしようとて私をお召しになるのだろう。そんな筈がない。私が何の役にも立たないことは私のよく知っていることなのに。歌謡いとして私をお召しになるのであろうか、笛吹きとして私をお召しになるのであろうか、琴彈きとして私をお召しになるのであろうか……後略）

カニ類の肉は淡泊で、どのように調理しても美味にして、とりわけ寒い夜の鍋料理は絶品である。万葉時代の大君はこれをどのようにして召されていたのだろうか。難波の入江の葦辺に隠れていた葦ガニというのだから、北の海に産するタバラガニ、ズワイカニのような大形ではないにしても、大君の食膳を賑わすほどのカニとすれば、

それ相当の品でなくてはならない。一般にワタリガニと称せられる中型の食用ガニのガザミは瀬戸内海、三河湾、有明海で多産し美味であって、相当に高価な品である。万葉時代はどうか。

上掲の長歌の最後のほうに食べ方を彷彿とさせる長い詩文があるので、訳出された後半のみを引用しておくことにする。

蟹、別名　無腸公子、横行君子

「あしひきのこの片山のもむ楡《にれ》の木の皮をたくさん剥いできて、毎日強く乾かし、辛碓《からうす》（唐臼・ふみうす）で搗《つ》き、庭にある手碓で搗き、照りわたる難波の入江で採れた初垂《はった》りの塩を辛《から》く垂《た》らし、陶器《すえき》師《ひと》の作った瓶を、今日行って明日には持って来て、私の目に塩が塗られて、まる干しにして賞味なさるよ。乾肉として賞味なさるよ」。

まず楡の用途であるが、契沖の『代匠

記』によれば、「或者ノ語り侍リシハ楡ノ皮ヲ以テ楡餅トテ山里ニハ餅ニシテ侍リ。葉ヲモ糯米に合セテ餅ニ春ヨシ申キ」とある。楡餅と蟹のまる干しの取り合わせの御馳走であるらしい。岩波万葉集の頭注では「塩」を「醬（ひしお）」と解釈している。そうすれば味噌の味付けで召されたことになる。

更に、これは食用のカニのことではなく、牛馬と同じく蟹のことも、奉仕のために縛りつけられた役民の痛みへの社会風刺という解釈がある。それではかえって拡張解釈になるのではないか。

乞食者はホカヒビトと訓み、字義によれば食を乞うて歩く者。その者が「蟹の為に痛みを述べて作れり」という。もう一首「鹿の為に痛みを述べて」があり、ユーモラスに鹿と蟹を擬人化して詠んでいる。これは字義通りの乞食ではなく、ホカヒはホキにヒを接続したので、ホキはコトホグの意味をもつから、ホカヒビトは言葉をもって祝う芸能歌人のことなのである。

79　しじみ（四時美）漢名　蜆、集中一首

住吉《すみのえ》の　粉浜《こはま》の蜆《しじみ》　開《あ》けも見《み》ず　隠《こも》りてのみや　恋《こ》ひわたりなむ

作者不明（六－997）

（住江の粉浜の蜆のように、相手の気持ちをたしかめもせず、ただこころの中だけで恋しく思い続けて行くことであろうか）

これもまた作者未詳の切ない歌。例えが貝のなかでも特に小さいジジミだけに、一層いじらしい。

古代の動物を扱う時、現代との名称の違いに戸惑うばかり。そこで今日にも通用する呼び名に遭遇すると事態が身近になる。シジミもそうだ。有史以前からある貝塚の発掘からして蛤、蠣に次いで多いのが蜆だそうで、人間の食生活への関わりは、このように古い。

「しじみはちぢみなり。殻に皺文《しゅうもん》あるをもて名づけしなり。砂川に産するものは色黄なり（黄蜆）。泥水に産するものは色黒なり（烏蜆）」（動植正名）と本草学的区別が

四時美、別名　しじみがひ

あるが、現代の動物学では、ヤマトシジミ、セタシジミが卵生で、マシジミ、アワジシジミは胎生と分類されている。食用には殆どがヤマトシジミらしい。

ここではシジミの種別が問題ではなく、ただシジミが二枚貝であること、貝柱と称せられる閉殻筋があり、生きた貝に手を触れたり、水中から引き上げたりすると、両殻を閉じて容易に開けられないという貝の生態が、開けも見ずの序詞として適切なだけである。

蜆の歌はこの一首のみで題詞によれば「春三月に難波の宮に幸しし時の歌六首」の中の一首。他の五首は各々に作者が明記されている。因みに作者を挙げれば、船王（九九八）、守部王（九九九・一〇〇〇）、山部赤人（一〇〇一）、安倍豊継（一〇〇二）など。船王は守部王と共に舎人親王の御子にして兄弟。宮廷歌人の赤人。安倍豊継はこの従駕の作一首と『続紀』天平九年に一度の記載があるだけの人物。

この行幸は天平六年三月十日のこと。十七日には難波を出発されて竹原井頓宮《かり》に宿泊、十九日平城に帰還されたので、聖武天皇は一週間ばかり難波に滞在されていた。「住吉の粉浜」は住吉神社のあたり、現在も大阪市住之江区に粉浜の町名あるそうだ。西方は埋め立てられたが、もとは粉浜が海辺となっていて、蜆貝もあったことであろうと。赤人の歌、

大夫《ますらを》は御猟《みかり》に立たし少女らは赤裳裾《あかもすそび》引く清き浜廻《はまび》を（六—一〇〇一）

男子たちは狩に出ているらしく、ご婦人ばかりで、華やかに赤裳の裾を引いて戯れながら水の澄んだ浜辺を歩く情景を、あたかも風景画のごとくに詠んでいる。それにしてもシシミの恋は誰の歌？

80

しだたみ（小螺）漢名　細螺

香島嶺《かしまね》の　机《つくゑ》の島《しま》の　小螺《しだたみ》を　い拾《ひり》ひ持《も》ち来《き》て　石《いし》以《も》ち　突《つつ》き破《やぶ》り　早川《はやかは》に　洗《あら》ひ濯《すす》ぎ　辛塩《からしほ》に　こごと揉《も》み　高坏《たかつき》に盛《も》り　机に立てて　母《はは》に奉《まつ》りつや　愛《め》づ児《こ》の刀自《とじ》　父《ちち》に献《まつ》りつや　愛《め》づ児《こ》の刀自《とじ》

作者年代不明（十六−３８８０）

（香島嶺の近くの机島の小螺を拾って持って来て、石でたたいで殻を破り、流れの早い川水で洗い濯ぎ、辛い塩でこごと（擬声語）揉み、高杯にもり、机の上に載せて、母上に進上したか。わが愛する刀児よ。父上に奉ったか。わが愛する刀自よ）

シタダミといわれる小型の巻貝が能登地方の海岸にあり、名称もそのままとのこと。その巻貝の繁殖した香島の机の島は、和倉温泉の海上にある小島を指し、地図にも載っていなかったそうだ。現在では机の島キャンプ場となっている。この島にはくぼみのある大石があって、常に水をたたえていて。硯石と呼はれていた。万葉時代の机の島の所在には、異説もあって確かなことは不明にしても、硯石のある机の島というはむべなるかなである。
「シタダミを」以下が、いかにも調子よく連鎖的に描写されている。石でたたいて殻を破り、流れの早い川水で洗い濯ぎ、辛塩でゴシゴシと揉み、高坏にもり、机の上に載せて」、さて、『注訳』では——

小螺、別名　コシダカガンガラ　小形の巻貝の総称

「母上にさし上げましたか。かわいいおかみさん。父上にさし上げましたか。かわいいおかみさん」

というので、これは童唄（わらべうた）の原型を示していると言われる。とりわけ飯事（ままごと）遊びの場にこの歌を置いてみるならば、最もよくその情景にフイットするではないか（大久間喜一郎）。

幼児教育の先生にお聞きすると今日では「ごっこ遊び」としてママゴトがあり、それと同じタイプではないか。時代の変化につれて素材は変わっても、幼児のナイーブな想像力を発見して驚くことがあったと述懐しておられた。

もう少しシダタミのことを調べてみよう。

『播磨国風土記《はりまのくにふどき》』によれば、揖保郡少宅里《いひぼのこほりをやけのさと》に細螺川《しだたみかは》がある。細螺川というのは、百姓たちが田を作ろうとして溝を開くと、細螺がいて、後にやがて川となったので細螺川と云うとある。（遺跡はないが、揖保川の支流であり、揖保・林田の両川の堺をなして南に流れていた（岩波風土記注）。溝に発生する巻貝としては一応タニシやカハニナの類が浮ぶが、これらの貝は何処にもあるものなので地名にするほどではない。ところでモノアガラヒという薄い殻をもった貝があり、時に溝一面に無数に発生することがある。古代人が驚いて川の名にしたもので風土記のシダタミは「モノアガライ」（東光治）である。

81
しび（鮪）漢名　鮪・馬鮫魚、集中二首

やすみしし　わご大君《おほきみ》の……中略　荒栲《あらたえ》の　藤井《ふじゐ》の浦《うら》に　鮪《しび》釣《つ》ると　海人船《あまぶね》散動《さわ》き　塩焼《しおや》くと　人《ひと》そ多《さわ》にある……後略

山部宿祢赤人《やまべのすくねあかひと》（六―938）

（八方をお治めになる吾が大君が……（粗末な布の）藤井の浦に鮪を釣るとて漁船がさわぎ、塩を焼くとて人が沢山いるよ…）

シビと呼ばれる魚は多くあるので、その都度の歌から判定しなくてはならない。上掲の場合はサワラのことであるらしい。漁場が藤江の浦となっているからである。これは播磨灘一帯を指しているとのこと。シビはマグロ、ブリといった大型の魚をいうそうだが、それらは外洋性である。瀬戸内海沿岸の魚では、鯛と共にサワラが上等の食品として珍重された。

サワラ釣りの状況を東光治氏は次のように紹介している。通常、一雙の漁船に三人ほどの漁夫が乗り、船を漕ぐか、帆走させるかして、船の両側へ釣り糸を張り、活イ

藤江のつり船

ワシを餌にして釣るのである。こうした漁船が幾百艘と入り乱れて漁獲するさまは、まことに壮観で万葉時代にも流し網の漁船軍団が出たことであろうと。

赤人の「海人船さわく」はこのサワラ釣りのことを指しているにちがいないという。また塩を焼く人たちも賑やかに働いている様子が「人さわにある」と目に映るようである。活況を呈した大海原を歌う赤人はわご大君の世を心から祝している。反歌三首がある。

沖つ浪辺浪《へなみ》しづけみ漁《いさり》すと藤江の浦に船そ動《さわ》ける（六―939）

印南野の浅茅《あさぢ》おしなべさ寝《ぬ》る夜の日《け》長くしあれば家し思《しの》はゆ（六―940）

明石潟《あかしかた》潮干の道を明日よりは下笑《したえ》ましけむ家近づけば（六―941）

まず、沖の浪も岸辺の波も静かなので、釣りをするとて、藤江の浦に船が賑やかにしている。「船そさわける」と長歌の活動的詩句を反復している。これらの詩句によって、静寂な自然に活気が与えられ、明るい生活の場が展望される。次いで「印南野」であるが、昔印南野は東播磨の総名であった。今では高砂市の東に「稲美町」がある。印南野の浅茅を靡かせて、というのは野原に仮小屋を作って幾日も宿泊しているのでわが家が恋しくなっている。浅茅は丈の高くない茅で草原になっているようだ。第三の歌では明石の潮の引いた路を明日からは辿って帰る予定なのでとても嬉しい。それを密かに心のうちに描いて作者は楽しみにしている。

82 すずき（鈴寸・須受吉）漢名　鱸・松江魚、集中三首

鱸《すずき》取る　海人《あま》の燈火《ともしび》　外《よそ》にだに　見《み》ぬ人《ひと》ゆゑに　恋《こ》ふるこのころ

寄物陳思・作者年代不明（十一―2744）

（鱸を取る海人の燈火をよそにみるように、よそながら見ることもない人のゆえに、恋しく思うこの頃よ）

スズキは口が大きく、鱗が小さいので巨口細鱗の異称がある。成育年齢によって呼び名が変わる成長魚である。

呼び名は地方によって異なるというが、普通一歳魚（二五センチ）をセイゴと呼び、二、三歳魚（四〇センチ）をフッコ、四歳魚（六〇センチ）をスズキと呼ぶ（動物事典）。スズキの味が一番に美味であるとか。とりわけ酒塩蒸は最高だそうである。

近海魚であって、播州灘では五月頃より始まるスズキ釣りが十二月上旬頃まで続くということである。鱸釣りはすでに『出雲国風土記』にも記載されている。また『古事記』では大国主神の条に出ている。さて大国主神の隠退に際して、出雲の多芸志の小浜に宮が造られ饗応がなされた。

「…釣《つり》する海人《あま》の　大口《おほくち》の尾翼《をはだ》鱸《すずき》　さわさわに　引き寄せあげて　打竹《さき》の　とをとをとをに（簀の子のたわむばかりに）　天の真咋《まなくい》　献《たてまつ》る」（『記上』）

このような『古事記』の記録から推定してみると、スズキは遠い昔から珍重されていたのが分かる。スズキは昼夜ともに釣れるのであるが、上掲の歌のは、どうも夜釣りのようである。すなわち「鱸とる海人の燈火」とあるからである。遥か沖合で、魚を誘い寄せるために焚く海人の漁り火が、ここでは「外に」の語を誘い出す序詞として使用されている。海人の漁り火のように、外目にすら見えない人を恋しく思うよと、物に寄せて思いを陳ぶる歌である。

鱸取る海人の燈火

夜の海は暗く、海と空との境界線がない。境界線は闇によってかき消されている。ただ沖の漁り火だけが帯状にきらめいて点在する。

作者は潮騒の浜辺に立って、遥かに遠い彼方に点滅する火を眺めている。藤江の浦、即ち明石海峡から家島群島にいたる播磨灘一帯は、今でも全国有数の漁場である。

荒たへの藤江の浦にすずき釣る白水郎《あま》とか見らむ旅行《ゆ》くわれを（三―252）

藤江の浦に舟で旅ゆく私を海人と見るであろうか。これは人麻呂の歌であるが三六〇七番の古歌にこの情景が繰り返して現れる。

白栲《しろたへ》の藤江の浦に漁《いさり》する海人とや見らむ旅ゆくわれを（十五―3607）

柿本朝臣人麻呂の歌に曰く、荒栲の、また曰く、鱸釣る海人とか見らむと言えりとの左注によって繰り返しが指摘されている。

83

たひ（鯛）漢名　鯛・平魚、集中一首

醤酢《ひしほす》に　蒜《ひる》搗《つ》き合《か》てて　鯛願《たひねが》ふ　われにな見《み》えそ　水葱《なぎ》の羹《あつもの》

長忌寸意吉麻呂《ながのいみきのおきまろ》（十六―3829）

（醤と酢に、蒜を搗き交えて、鯛を欲しいと願っている私の目に入ってくれるなよ。水葱の羹（吸物））

万葉グルメについても幾首か紹介したい。

まずは魚の王様の鯛についての意吉麻呂の歌。歌の題詞には酢（す）、醤（ひしお）、蒜（ひる）、鯛（たい）、水葱（なぎ）を詠める歌とある。醤酢（ひしおす）は今日でいえば酢味噌である。蒜（野びる）を蒸すか、ゆでるかして、すり鉢のようなもので搗きつぶして、酢味噌であえたもの。おそらくこれを焼き立ての熱い鯛にまぶして、鯛の身の味付けとしたしたのではないかと思う。ほんのり焦げ目のついた香ばしい鯛の身に、蒜の風味が溶け込んで絶妙な味わいをだす「醤酢あえ」をお酒のさかなとする。だからこれはこれで一品となろう。

はじめ私は蒜の醤酢あえを別の一品と考えていた。それならば、蒜をすり潰さなく

鯛、別名　あかめ

とも短冊に切ってあえればよいので、なぜ搗き潰すのかがわからなかった。これは手のこんだ風味豊かな御馳走である。作者が願っていた鯛の御馳走は出ないで、実際に目の前に出されたのは、私の目には入ってもらいたくない「水葱の吸物」でしかなかった。これにはガッカリ。醤酢は貴族の調味料である。しかし庶民の場合にも鯛は自分で海から取ってくれば、食することができたであろう。贅沢な調味料がなくとも、塩味さえあれば、充分に美味しく食べることができた筈である。

鯛は『延喜式』に「平魚」と記されていて、語源的には「平魚」（たいらうお）の意味とされる。タイの種類は多く、本命では、マダイ（真鯛）、ヒレコダイ、チダイの三種を指し、その他クロダイ、キビレ、ブエフキダイ、イトヨリ、メイチダイ、ヘダイなどがある。更にそれ以外にも鯛の名にあやかった魚を数えれば、きりがない。「めでたい魚」の瑞称をもつ故でもあろう。

食文化としての鯛は既に縄文時代からあり、古代人が食べ残した貝塚から、鯛の骨が発掘されている。とにかく鯛が日本人にとって貴重な海の幸であるのは周知のことであるが、鯛は神話の世界にも早くから登場している。

庶民にとって身近な神様の七福神の中に、右手に釣竿を持ち、左手に大鯛を抱え、傍に目無籠を置いた恵比寿様が見える。この方は『古事記』に登場する彦火火出見《ひこほほでみ》尊《のみこと》、またの名を火遠理《ほおり》命《のみこと》、さらに山幸彦ともよばれていた神様といわれる。兄の海幸彦との間で弓矢と釣道具の交換をし、釣りに出かけ、釣針を海の魚に取られてしまったという海幸・山幸神話はよく知られているところである。この時、釣り針を喉に引っ掛けた魚が鯛であった。表記は「赤海鯽魚《たひ》」として赤魚となっているが、それは今日でいう黒鯛のことだとの解説がある。鯛は結局のところ山幸彦に幸運をもたらしたという意味で恵比須様の大鯛になったのであろうか。

84

ひを（氷魚）小鮎の幼魚、集中一首

わが背子《せこ》が　犢鼻《たふさき》にする　圓石《つぶれし》の　吉野《よしの》の山《やま》に　氷魚《ひを》そさがれる

安倍朝臣子祖父《あべのあそみこおほぢ》（十六―３８３９）

（わが背子の、犢鼻にする丸い石の、吉野の山に氷魚がぶらさがっている）

「氷魚」とはアユの稚魚。氷のようにすきとおっているのでこの異名がある。普通アユは河川の下流で孵化すると、押し流されて海に下り、冬は海で生活するが、琵琶湖に注ぐ川で生まれたアユは、琵琶湖に入って、海に下らない。そこでアユのようには成長せず、二、三センチの大きさのままで、白魚に似ている。アユとは別種と見做されていたが、そうではなく、四、五月頃に海に通ずる川に放流すると、およそ一か月ほどでアユと同じ大きさになることが研究され、環境の差異による変化であることが分かったのは、現代になってからである。

この琵琶湖に発生した氷魚の一部が晩秋から冬にかけて瀬田川に押し流されてさらに下流の宇治川へと流れ込んでくる。これを近江の田上や山城の宇治で網代を張って捕らえた。古代では朝廷にも献上され、『宇治拾遺物語』に客のもてなしの珍味として出されたとある。網代漁法の実態は失われているが、推定によれば川の瀬に網代木といって杭を隙間なく並べて打ち込み、その落ち口の底に竹で編んだ簀《す》の子《こ》を置いて漁獲したようだ。

氷魚の名前が出てくるのは、上掲の歌のみである。しかもこれは非常にふざけた歌なのである。それは題詞からも「心の著く所無き歌」、すなわち内容の訳の分からない歌、意をなさない歌なのである。巻十六は物語的関心をもって編集されたもの。左注によれば、舎人親王が左右に近侍する者に命じて、もし由る所無き歌を作る人があれば、銭二千文を給うというもの。多分、幾人かが創作して、親王の目に適ったのが二首、「双六」と「氷魚」の歌である。氷魚は始めに説明したように琵琶湖及びそこから流出する宇治川だけにいるので、本来、大和の吉野川周辺には棲息しない。これ

氷魚、別名　なし

を意図的に吉野川に結びつけたたところが、心の著くところなき歌ということになる。
氷魚の名が万葉に出てくるのはこれだけであるが、宇治川に設置された「網代」「網代木」「網代人」の言葉と共に氷魚は、情景に溶け込んだ風物詩として歌の中に詠み込まれている。網代人の舟を呼ぶ声もあちらこちらから聞こえてくる。宇治川の流れは早い。網代木に流れをせき止められて行方を見失っている水の渦巻き。人麻呂の網代木の歌には氷魚の名がないが、透明な氷魚のか弱い群れが、網代に掬い取られていく悲しさに共感するところはあるように思う。網代木の歌は、人麻呂作歌中でも有名な一首であって、単なる叙景歌とは思えない。近江の荒都を目のあたりにした後の無常観のようなものが、網代木にいざよう波の行方によって象徴的に歌われている。

柿本朝臣人麻呂の近江国より上り来し時に、宇治河の辺《ほとり》に至《いた》りて作れる歌一首
もののふの八十《やそ》氏河《うぢがわ》の網代木《あじろぎ》にいさよふ波の行く方《へ》知らずも（三―264）

85

ふな（鮒）

漢名　鮒・吉魚、集中二首

沖方《おきへ》行《ゆ》き　辺《へ》を行き今や　妹がため　わが漁《すなど》れる　藻臥束鮒《もふしつかふな》

高安　王《たかやすのおほきみ》（四―625）

（沖の方を行き、また岸辺を行きまして、（これが）今あなたのために自分のとって来ました藻にかくれた小鮒なのですよ）

わが町の神社の隣に溜池がある。桜の蕾がまだ堅い頃のこと、いつもは満水の池が干上がって、そのあとには黒色の泥土が見苦しく異様な様で横たわっている。聞けばフナやコイの養殖場になっているので、業者が水を抜いて魚たちを収穫したのだという。万葉時代から好んで食されたのには琵琶湖産が最上で、武州綾瀬川、信州諏訪湖のものを美味としたということである。養殖にはない格別な風味があったことであろう。

フナの歌が二首があって上掲の歌のほかに屎鮒の呼称がある。あまり食欲のでない名称であるが、作者は座興の戯笑歌を得意とした長意吉麻呂《ながのおきまろ》であり、後世の研究者によって川魚のタナゴ類の誤りではなかったと推定されている。しかし当時もフナが

鮒の小川

食膳に供されていたことは、高安王の歌からもわかる。

さて王が妹に贈ったという「藻臥束鮒」には特別の意味があるだろうか。南河内の応神天皇の御陵を恵我《えが》藻伏崗《もふしのおか》御陵といわれるところから、藻伏を地名とみなす解釈がある。そこから高安王との関連を探ろうという見解があるが無理のようである。むしろ単純に「藻の中に臥している鮒」と理解しておけばよいのである。

「束鮒」が「一掴み」の大きさを意味するとすれば、あまり大きいフナではなく、小鮒である。それをあちらこちらに行き苦労して、今捕まえたばかりの藻にかくれていた小鮒です。賞味して召し上がって下さい、と勿体ぶって贈っている。贈られた相手の妹はどのような人物なのであろうか。詞書によれば「高安王の裹《つつ》める鮒を娘子に贈れる歌一首」とあるから、気の張らない可愛い相手であるか。高安王は、『皇胤紹運録』に長親王の孫で、伊予守として阿波、讃岐、土佐を管轄し、天平十一年には大原真人の姓を賜った人物として記載されている。

戯笑歌の達人、意吉麻呂《おきまろ》の歌も紹介しておこう。

香塗《こりぬ》れる塔《たふ》にな寄りそ川隅《かはぐま》の屎鮒喫《は》める痛《いた》き女奴《めやつこ》（十六－3828）

香の塗ってある清浄な塔に近寄ってはいけませんよ。川の曲がり角にいるきたない屎鮒を食った、ひどい女奴さんよ。香と塔という美しいものに対して、厠や屎などいう臭いものを一つの世界に閉じ込めたところに意吉麻呂の工夫があったのであろう。「香、塔、厠、屎、鮒、奴を詠む歌」と題詞にあるところからしても座興の戯れであろうが、戯れが過ぎて　女奴さんにはちょっと気の毒な歌である。座興とすれば、女性からはあまり歓迎されない歌と思われる。どうも古代にも川隅にはゴミが集積していたらしい。

86　むなぎ（武奈伎）　漢名 鰻、集中二首

石麻呂《いはまろ》に　われ物申《ものまを》す　夏痩《なつやせ》に　良《よ》しといふ物《もの》そ　鰻《むなぎ》取《と》り食《め》せ

大伴家持《おほとものやかもち》（十六―３８５３）

（石麻呂に自分はものを申し上げる。夏痩によしというものよ。鰻を捕って、召しあがれ）

むなぎはウナギの古名である。

契沖は胸腮《むなあぎ》と言い、『言海』では胸黄《むなき》のこととし、『日本釈明』では家の棟に似ているから棟木という。このように多義的ではあるが、とにかく「ム」が「ウ」の音に変わって「ウナギ」になったのであろうとの、万葉動物学者の見解である。

左注によれば、吉田連老《よしだのむらじおゆ》という老人があって、俗称が石麻呂といった。多食にもかかわらず痩せている。食欲不振の夏ともなれば、それが一層ひどくなって、まるで見た目には飢えた人のよう、「形飢饉《ききん》に似たり」とある。よほど親しい間柄だったのだろう。家持が上掲のふざけた歌を贈った。二首がセットになっていて、次の歌で、そうは言っても無理してウナギを捕まえようとて、川に落ちて流されることのないよ

うに気をつけなされ、と気分をやわらげ、面白く次の歌をつけ加えている。

瘦《や》す瘦《や》すも生《い》けらばあらむをはたやはた鰻を捕ると河に流るな（十六―3854）

武奈伎、別名　しらうをのをば（幼魚）

瘦せほそってはいても、生きていれば、それはそれでよかろうに、うっかり鰻をとろうとして、川水に流されなさるなよ。このような家持のユーモラスな挑戦を受けたからには、石麻呂の応酬歌が欲しいところであるけれど、それが無いところをみれば、言葉に詰まって、老人は苦笑していたのかも知れない。

ところでウナギは、昼間は泥中に潜っていて捕獲することができない。夜になると泳ぎ出して食物をあさりはじめる。ただし濁水ならば昼間でも出てくるので、ウナギを捕まえるには暗夜に行うか、濁水のなかに入っていくかである。いずれにしても困難を伴う。そのうえ、ウナギの滑らかな皮膚、身をくねらしながら、すばやく動きまわる激しさを思うならば、家持の忠告はまことに真面目なものであったのがよく分かる。

ウナギは、夏、土用の頃から九月にかけて脂肪がのり、一段と味もよくなる。土用丑の日にウナギを食すると無病息災という習慣は江戸時代から始まったようだ。実のところは夏にかけて客足の減ったウナギ屋が考えた商売戦略らしい。とすればそれが今日まで続いていることになる。それればかりか万葉時代にすでに鰻が夏バテのスタミナ源として珍重されていたということは興味深いことである。

ウナギは川魚であるが、川で卵を産まない。大洋の深海で産卵し親は死ぬ。稚魚は成長しながら鰻上りの勢いで一年、あるいは二年もかけて川にくる。心なしか鰻の顔もかわいく見えてくる。

87

わうぎょ（王魚）　集中一首

松浦川《まつらがわ》に遊《あそ》ぶ序

余《われ》以、暫《たまたま》松浦の県《あがた》に往《ゆ》きて逍遥《しょうよう》し、聊《いささ》かに玉島《たましま》の潭《ふち》に臨《のぞ》みて遊覧せしに、忽《たちま》ちに魚《うを》を釣る女子《をとめ》らに値《あ》ひき。花のごとき容《かほ》双《なら》びなく、光《て》れる儀匹《すがたたぐい》なし。…僕《われ》問ひて曰く、「誰《た》が郷《さと》誰《た》が家が児らぞ、若疑神仙《けだししんせん》ならむか」といふ。娘《をとめ》ら皆咲《ゑ》みて答えて曰はく、児《こ》らは漁夫《あま》の舎《いへ》の児、草庵《そうあん》の微《いや》しき者《ひと》にして、郷《ごう》もなく家も無し。何ぞ称《な》を云ふに足《た》らむ。唯《ただ》し性《さが》水を便とし、復《また》、心に山を楽しぶのみなり。或る時は洛浦《らくほ》に臨《のぞ》みて徒《いたずら》に玉魚を羨《うらや》み、乍《ある》ときには巫峡《ふかふ》に臥《ふ》して空しく烟霞《えんか》（雲や霞）を臨む。今《い》似《ま》邂逅《たまさか》に貴客《うまひと》に、…略

大伴旅人（五－853～863）の序文

玉魚、王（陽）魚とする説があるのに対して、これは淮南子《えなんじ》に「臨淵而羨魚不如退而織網」の詩句があって、その字句を取りこんだ大伴旅人が、ただ魚というだけでは面白くないので、王魚としたのではないか（東光治）と推定されている。王魚は文字通り大魚のことで、イメージとしてはマグロ、カジキの類か、あるいはサメの類を指している

のかも知れない。いずれにしても半ば虚構の世界での出来事であれば、クジラも魚の仲間であった頃のことだから、鯨を指していた、と見做してもよいと言われる。

序文と歌の作者が大伴旅人一人の構成であるかどうかにも問題があって難しい。しかし序に限定すれば旅人説が有力。とりわけ序の部分は唐小説の『遊仙窟』を模しつつも濃密な情景は避けられて、淡々とした趣のある贈答の描写となっていて、いかにも旅人らしい。

王　魚

松浦郡には不思議な古い話がある。『肥前国風土記』の語るところによれば気長足《おきながたらし》姫《ひめ》が河中の石に登って戦《いくさ》の勝敗を賭けて釣をされた。「細鱗《あゆ》の魚、朕が鈎緡《つり》を呑め」とのりたまひて鈎《ち》を投げると果たして魚がかかってきたというのである。そこで松浦川いわゆる玉島川の御立たしの石を「勝門比売《かちどひめ》」の石と称してあがめ奉り、土地の婦女子が毎年四月上旬に年魚《あゆ》つりの行事を行うということなのである。

天平二年（730）初夏四月旅人は玉島川を訪れて年魚釣りの土俗行事を見物する機会を得たらしい。その時、鄙《ひな》の婦女子も貴婦人のような盛装をしていたのだろう。そこで訪問者（旅人）が尋ねた。

「あなた方はもしや仙女では？」

娘たちは笑って、

「私たちは漁夫の娘。けれど生まれつき水に親しみ、山を愛し、魚の自由な境涯を羨んだり、美しい山の雲や霞を望む娘です。今図らずも、あなた様にお目にかかり感激にたえません」

との娘の答えを聞いて、むしろ旅人の方が感激して、歌を贈る。

漁《あさり》する海人《あま》の児どもと人は言へど見るに知らえぬ良人《うまひと》の子と（五－853）

旅人のこの神仙境への陶酔には、どこか吉野宮滝への郷愁が漂っている。吉野といえばアユ釣りの名所、さすれば王魚は、やはり「アユ」、美しい玉魚のことではないだろうか。

昆虫類

88

あきづ（蜻蛉・蜻・秋津・飽津）集中二首

つぎねふ　山城道《やましろぢ》を　他夫《ひとづま》の　馬《うま》より行《ゆ》くに　己夫《おのづま》し　歩《かち》より行《ゆ》けば　見《み》るごと
に　哭《ね》のみし泣《な》かゆ　そこ思ふに　心《こころ》し痛《いた》し　たらちねの　母《はは》が形見《かたみ》と　わが持《も》
てる　真澄鏡《まそみかがみ》に　蜻蛉領巾《あきづひれ》　負《お》ひ並《な》め持《も》ちて　馬買《うまか》へわが背《せ》

問答歌（十三―3314）

（山城への道を他人の夫が馬で行くのに、私の夫は歩いて行くので、見る度にひたすらに泣けてくる。それを思うと心が痛い。母の形見として私が持っている真澄の鏡に蜻蛉領巾を添え、持って行って馬をお買いなさい。わが背子よ）

アキヅは秋の虫。主として晩夏から秋にかけて飛ぶ赤トンボの類に付けられた名称である。また広く昆虫の総称でもあった。集中でアキヅを昆虫として詠んだのはアキヅ羽一首と上掲のアキヅ領巾の一首があるのみである。地名としては秋津、秋津の川、蜻蛉野、蜻蛉の宮があり、大和国、日本国が蜻蛉島と呼ばれている。

あきづ羽《は》の袖《そで》振《ふ》る妹を玉くしげ
奥に思ふを見たまへわが君（三―376）

これは湯原王の宴席での歌であって、わが君は宴の賓客である。うすものの袖をひるがえして舞ふ舞姫を、秘蔵の思いでいとしがっているのを、

あきづひれ

見て下さい、わが君よ、といささか戯れの歌である。もう一首「あきつはににほへる衣…（十―2304）を東光治氏は「蜻蛉羽（全釈）」の解釈に従っておられるけれど、古典大系本では「蜻蛉はアキヅ（秋津）で濁音、アキツ（秋都）の都は清音のツで、清濁を区別せねばならず、巻十の方は「秋つ葉ににほえる衣…（2304）」で秋の葉のように美しく染められた衣ということ。

上掲の歌に戻ってみよう。

万葉時代にも女性にとって鏡は結婚に際しての道具の一つである。周知の真澄鏡《まそかがみ》

とはよく磨かれた銅鏡のことである。その頃の鏡は大変な貴重品だったことであろう。蜻蛉領巾も大切な母の形見である。ではあるが、これをお持ち下さい。そして馬を手に入れて下さいと、作者は限りなく優しい。他の夫が馬で行くのに、徒歩で行く夫を見るにしのびないと言うのである。

これは問答歌なのでこれに続く反歌が答えになっていなくてはならない。反歌は三首。歌意からすると二首は妻の歌で、長歌の答えになってはおらず、最後の一首（十三―3317）が返答歌らしい内容である。

馬買はば妹《いも》歩行《かち》ならむよしゑやし石は履《ふ》むとも吾《あ》は二人行かむ（十三―3317）

と言うのが夫の答え。馬を買えばお前が歩かねばならない。石を踏んでも私は二人で歩いて行きたいよと言っている。そうあってこそベターハーフなのだ。だが母の形見の鏡と領布で買った馬に、二人乗りで、あるいは交替のりで行くということは出来なかったのかのであろうか。長歌からの印象では、夫の一人旅を、妻が見送る歌のようだが、などという疑問は詮索しないでおこう。

89 か（蚊）漢名 蚊・蚊子、集中一首

あしひきの　山田《やまだ》守《も》る翁《をぢ》が　置《お》く蚊火《かひ》の　下焦《したこが》れのみ　わが恋居《こひを》らく

寄物陳思（十一―2649）

（あしひきの山田の番をしている老人が置く蚊やり火が、下の方でいぶっているように、私は人知れず心の中で燃えて、恋に苦しんでいることだ）

蚊は、蝿や蚤と共に人間生活を最も悩ましてきた厄介な昆虫であったと、過去形で紹介できる。今日それに代わって登場しているのが、ゴキブリやアリである。万葉歌にゴキブリはいないが、アリはすでに知られていたらしく、借字として二例に使用されているのでこの機会に触れておこう。

逢はむとは千度《ちたび》思へどあり（蟻）通《がよ》ふ人目を多み恋ひつつぞをる（十二―3104）

…麻績《をみ》の児ら　あり衣《きぬ》（蟻衣）の　宝の子らが…（十六―3791）

蚊、別名　くちぶと

「蟻通ふ」は、歌の恋心とは無関係のようでありながら「人目を多み」といえば、蟻群の行列との意味的連想が合致する。次例は「竹取翁」の物語に出てくる。麻績の子は麻を績《う》むことを職業とする家の少女たち。「あり衣の」は「宝」にかかる枕詞。即ち「蟻絹」は「絹衣」なので、この場合は音声のみに関係する。

集中で「蚊」を詠んでいるのは、この蚊遣火だけである。蚊を借字としているのは、人麻呂が石見の国から妻に別れて上ってくる時の長歌のなか「荒磯の上にか（蚊）青なる玉藻沖つ藻（二－138）」は、これも全くの意味的関連はなく、この一個所だけである。

ところで蚊火も鹿を追い立てるための火とする説がある。しかし万葉仮名が「蚊火」となっているかぎり「蚊」のいたことは確かであろう。山田の夜番をする老人が焚く蚊遣火が、下でくすぶっているようにわが恋心もとある。現代の蚊取り線香のような品物ではなく、薬草であろう。老人が薬草をいぶし、蚊を追い払っている様子が事実さながらに想像される。

ジャン＝ポール・クレーベル著の「動物シンボル事典」に、スフィンクスの珍解釈として、ギリシャのある歴史家が、スフィンクスはマラリアを運ぶ蚊にちがいないと言っているそうである。オイディプスが謎を解いた時に怪物は死んだのである。それは一種の排水作用によって沼を干上がらせたからとの奇抜な解釈がなされている。

蚊が病原菌の媒体であったことを万葉人は知っていたかどうかは定かではない。おそらく病原菌の観念もなかったのではないか。

草の中に毒虫がいたことは野宿をした旅の経験から知られていたと推定される。石上乙麻呂が土佐国に配された時の歌にある。（九四番参照）

…磯の崎崎　荒き浪　風にあはせず　つつみ（莫管見）なく　病あらせず　すむやけく　かへし給はぬ　本の国辺に…（六―１０２１）

この場合の「ツツミ」を病とする説（玉勝間）と、草の中にすむ毒虫（代匠記）とする説とがあって問題ではあるが、野宿の人にとって草の中の毒虫は、悩みの種であったことであろう。（毒虫とするのは「莫管見」の万葉仮名を「草管見」と解釈するによる）。

石上乙麻呂の土佐国への配流について長歌三首と反歌一首がある。その一（１０１９）は、配流の理由で「たわやめの　惑によりて」とある。その二（１０２０・１０２１）は「海路への平安の祈り」となっていて、それは『注釈』によれば全体を二つの主題に分けられるとする。前半が「大君の　命恐み」遠い国に赴く背の君を、というので、後半が海路の安全を住吉の神に祈るというもの。「つつみ無く」は後半の詩句に見られる。「草管見」が草むらに寄生する毒虫というのであれば、つつみなくは海路には適合しないようだが、一般的に「ご無事で」ということなのであろう。

90 くも（久毛） 漢名 蜘蛛・蛛、集中一首

風雑《かぜまじ》へ　雨降《あめふ》る夜《よる》の　雨雑《あめまじ》へ　雪降《ゆきふ》る夜《よる》は　術《すべ》もなく　寒《さむ》くしあれば　堅塩《かた》を……如何《いか》にしつつか　汝《な》が世《よ》は渡《わた》る

天地《あめつち》は　広《ひろ》しといへど　吾《あ》がためは　狭《さ》くやなりぬる　日月《ひつき》は　明《あか》しといへど……竈《かまど》には　火気《ほけ》ふき立てず　甑《こしき》には　蜘蛛《くも》の巣懸《か》きて　飯炊《いひかし》ぐ　事《こと》も忘《わす》れて　鵺鳥《ぬえどり》の　呻吟《のどよ》ひ居るに　いとのきて　短き物を……後略

山上憶良頓首謹上（五―892）

クモは種類が多く世界中では一万種ほどもあり、日本でも一千種はあるという。クモには毒性があり、不気味な形状をしているので魔物性を想像させる。けれども細い糸が織りなす巣の網目模様は美しく芸術的で、その糸のゆえか、神話や文学、その他にもしばしば蜘蛛は登場する。集中では「いぶせくもあるか（十二―2991）」の万葉仮名「馬聲《い》蜂《ぶ》音《せ》石花《く》蜘蛛《も》荒鹿《あるか》」に蜘蛛の借字があるのと、憶良の貧窮問答の「蜘蛛の巣懸きて」との二例があるのみである。

さて億良の貧窮問答は、読む者がその都度に切なさを覚える問題作である。形式的には貧者と窮者が問答した形をとってはいるけれど、具体的な貧者と窮者の対話というわけではない。おそらくある程度の現実を踏まえた憶良の創作であるといえよう。貧者に関する叙述の部分は「風雑へ……汝が代は渡る」迄の三三句で、窮者の部分は「天地は広し……世の中の道」迄の四九句の構成をなす。

貧の人は、気位のかなり高い人らしい。「われを除きて人は在らじと誇ろへど」と虚勢を張っている。心ひそかに、そのように自負しているのであろう。いかに強がってみても、「寒くしあれば麻衾《あさふすま》引《ひ》き被《かがふ》り」と、何とも現実は、いいようもなく惨めな状態である。このような時、さらに困窮の隣人はどうしているであろう。窮者は答えて、天地は広いというけど、自分のためには狭くなってしまった。……かまどには湯気も立たずこしきにはクモの巣が張って、飯を炊くことも忘れていると……そうなの

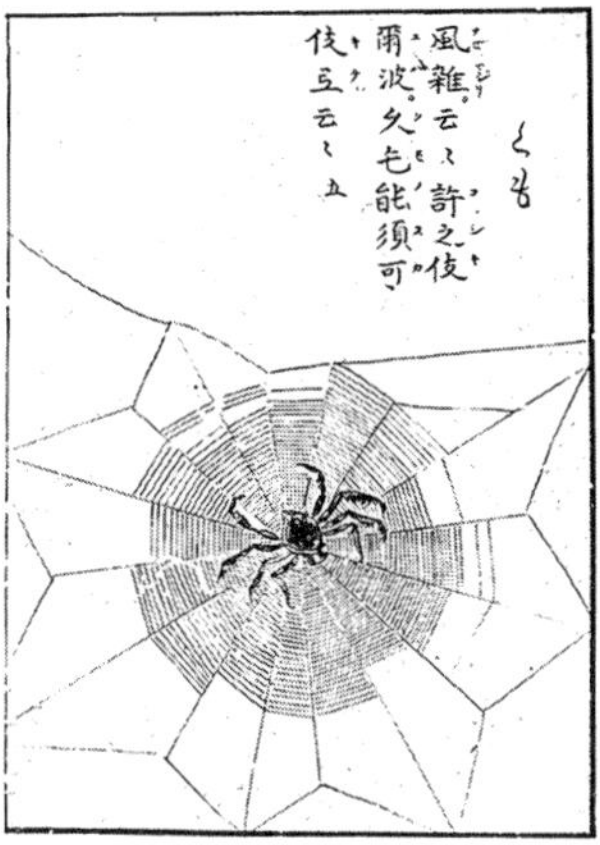

くも、別名　ささがに
鹿持雅澄著「萬葉集品物図絵」から

に税を取り立てる里長《さとおさ》の声が寝屋戸《ねやど》まで聞こえて来る。「斯くばかり術無きものか世の中の道」で結ばれる。これは抽象的な貧窮問答では無く、憶良の地方国司としての任務を踏まえての創作にちがいない。続く短歌で鳥ならぬ人間の現実性に目が向けられる。

世間《よのなか》を憂《う》しとやさしと思へども飛び立ちかねつ鳥《とり》にしあらねば（五－893）

この世の中をつらく、身も細る（やさし）ような思いで生きているがどうしようもない。鳥のように飛び立つ訳にはいかないから。地方官吏としては伯耆守の任務が霊亀二年（716）から養老四年（720）までで、退朝後は東宮（首皇太子）侍講の一人に任ぜられる（憶良の出世欲を満足させた頃）。解任後、神亀三年（726）ごろに、筑前守となって下向したようである。「天《あま》ざかる鄙《ひな》に五年《いつとせ》住まひつつ（五－880）」が、天平二年（730）の作で、そこから逆算して推定する。前掲の問答歌は、筑前守の官職名が欠落していることから、帰京後の第一作と見做される。謹上の相手が誰であれ、その意図の背後には、任地先での窮民の実情を訴えようとするヒューマニストとしての山上憶良の顔が覗いて見えてくる。

91 こ・くはこ（蚕・桑子）漢名　蠶・蚕・家蠶、集中三首

なかなかに　人とあらずは　桑子《くはこ》にも　ならましものを　玉《たま》の緒《を》ばかり

寄物陳思歌（十二－3086）

（なまじっか人として生きていないで、蚕にでもなったらよかろうに。たとえ短い間でも）

「こ」は蚕の古名であって、桑の葉を食して育つので「桑子」とも呼ばれた。「くはこ」は万葉集ではこの一首のみであるが、伊勢物語にも「なかなかに恋に死なずは桑子にぞなるべかりける玉の緒ばかり」（十四段）とあって桑子の呼称は一般的であったようだ。

なまじっか人としてよりは、何の物思いもない蚕にでもなったらよかったのにと、生きることの苦しさから逃れたいほどの思いで、作者は絶え絶えの吐息をもらしている。繭のなかに隠れたカイコに寄せて詠んだ人麻呂歌集に次のような歌がある。

たらちねの母が養《か》ふ蚕《こ》の繭隠《まよごも》りこもれる妹を見むよしもがも（十一－2495）

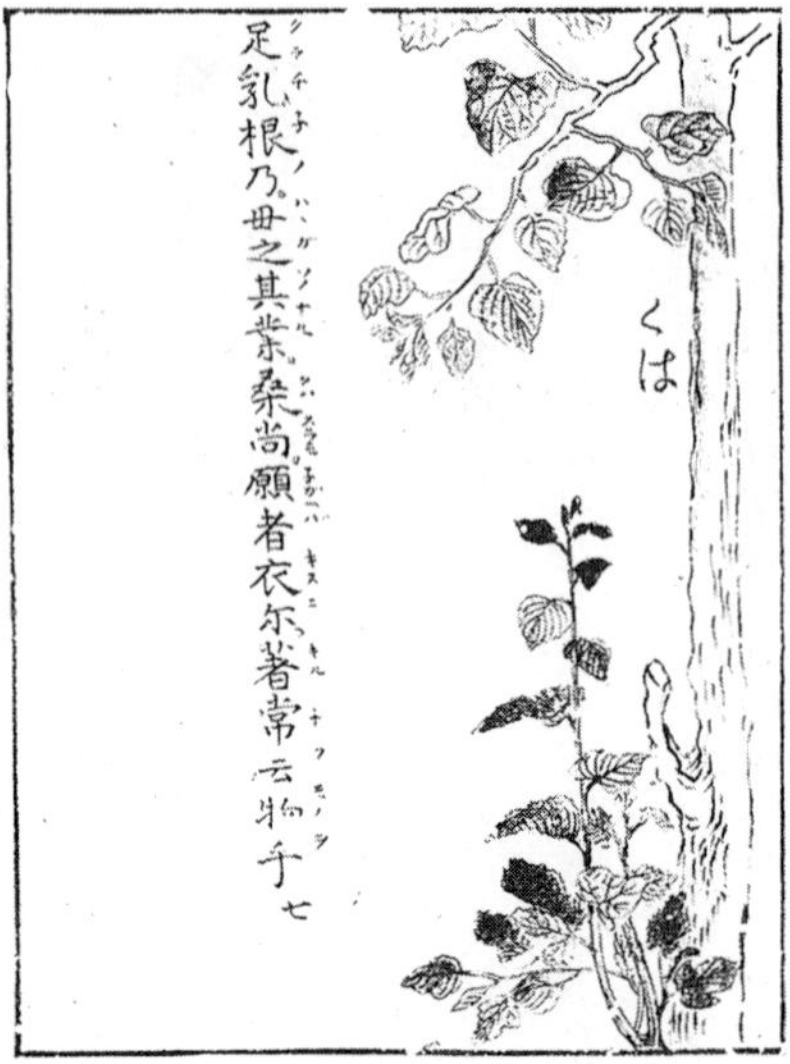

蚕・桑子、別名　かさん、さんが、くはむし
鹿持雅澄著「萬葉集品物図絵」から

母の飼っている蚕が、繭にこもるようにこもっているあの人を見る術はないものかなあ、とままならぬ箱入り娘を狙って嘆いている。前半が全く同じ発想で、同語句をくり返しながら、後半の言葉を少し変えて「…いぶせくもあるか妹にあはずして（十二―2991）」と憂鬱な心境を表現する物の例えとしている。「母が養う蚕（妹）」は母の監督下にあって、ままならぬ恋という恨みもあるようである。

カイコは絹糸を産し、古くより人に飼われた貴重な昆虫で、東北地方では「養蚕の神」として崇められ、祭られている。カイコの日本への渡来は古く、古事記神話にはオオゲツヒメがその屍の頭からカイコを生む、との記述があり、『魏志倭人伝』中にも我が国でカイコを産することが記されている（桑・蚕で紡績し、布・絹・真綿などを産出する）。万葉時代には養蚕が盛んで主として婦女子の仕事であった。また絹布を売買する市も立ったらしいのである。

西の市にただ独《ひと》り出《い》でて眼並《めなら》べず買ひにし絹の商《あき》じこりかも （七―1264）

「古歌集に出づ」とある。奈良の都大路には東西に市が立った。西の市にただ独りで行って、多くの人の意見も聞かず買ってしまったこの絹布。これは「商（あき）じこりかも」だ、すなわち買い損ねて失敗してしまったと後悔している。

門部王《かどべのおほきみ》、東の市の樹を
詠《うた》ひて作る歌一首

東《ひむかし》の市の植木の木垂《こだ》るまで
逢はず久しみうべ恋ひにけり
（三―310）

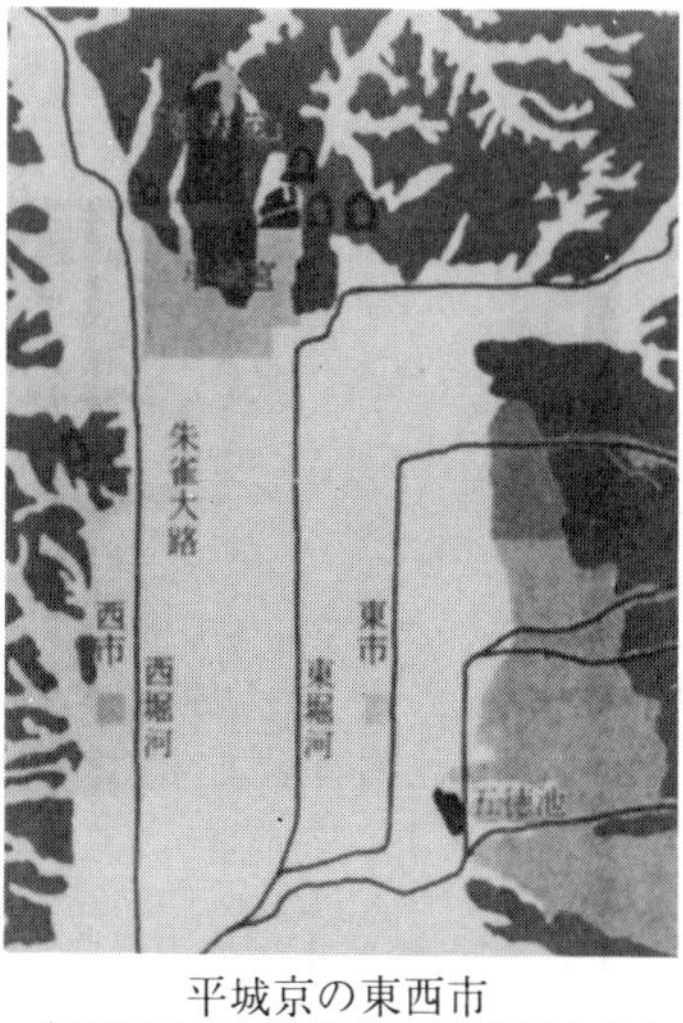

平城京の東西市
（奈良国立文化財研究所資料から）

92 こほろぎ（蟋蟀・蟋）漢名　蟋蟀、集中七首

夕月夜《ゆふづくよ》　心《こころ》もしのに　白露《しらつゆ》の　置《お》くこの庭《には》に　蟋蟀《こほろぎ》鳴《な》くも

湯原王《ゆはらのおほきみ》（八−1552）

（夕月の照る夜、心もしおしおと萎れるばかりに白露の置くこの庭に、蟋蟀がないているよ）

リーン、リーン、リーンと「り」の音を強く出し、あとを引き伸ばしての繰り返し。夜間、草むらにすだく鈴虫の合奏がしきりのこの頃である。集中に鈴虫の名前は出てはこないが、「草深み萩の咲き乱れ」ているところに姿を隠している仲間に鈴虫もいるらしい。

万葉時代には、総称して秋の鳴虫がコオロギと呼ばれている。キリギリス、マツムシ、スズムシ、イトドなどの区別があっても、どの虫の音を聞いて歌を詠んでいるのかは、文脈に従って判断しなくてはならないが、私には識別困難である。

コオロギの歌は七首。上掲の歌を除いてすべてが巻十に収められている。この巻は春、夏、秋、冬に分け、その各々を更に雑歌と相聞に分けている。コオロギも始めの

三首は雑歌に、後の三首は相聞歌となっている。作者不明の相聞歌は、コオロギの激しい鳴き声に刺激されながら思うにまかせぬ恋に嘆息した歌ばかりである。

この巻と同じ構成を取りながら作者が明記されて、巻八の秋雑歌に収まっているのが湯原王の蟋蟀の歌。王は志貴皇子の子息で、光仁天皇の弟。歌については、「心もしのに（心が萎れて）」が「夕月夜」にかかるか、「白露」にかかるか、「蟋蟀」にかかるか、いずれと観るかで、解釈が分かれてくると言うが、「心」は三つの情景を結んだ奥にあって、何となくうち萎れた心象風景を見つめているように思われる。

昆虫綱直翅目《ちょくしもく》コウロギ科は動物学上の分類名。キリギリスとは類縁関係にあるけれど、キリギリスは左右側面に平たい形を持っているのに対して、コウロギ類は背と腹が平たくなって地表生活に適応し易くなっている。地表上の保護色としては黒褐色で、植物上で生活するのは緑色型をなし、キリギリスという。

蟋蟀、秋の鳴虫の総称

（動物事典）両者ともに鳴く虫である。

巻十の歌も取り上げてみよう。「蟋蟀を詠める三首」作者不明。

秋風の寒く吹くなへわが屋前《やど》の浅茅がもとにこほろぎ鳴くも（十－２１５８）

影草の生ひたる屋前《やど》の夕影に鳴くこほろぎは聞けど飽かぬかも（十－２１５９）

庭草に村雨ふりてこほろぎの鳴く声きけば秋づきにけり（十－２１６０）

草深みこほろぎ多《さわ》に鳴く屋前《やど》の萩見に君はいつか来まさむ（十－２２７１）（花に寄す歌）

三首は「蟋蟀を詠める歌」であるが、四番目は「花に寄す歌」となっている。萩の花が主題であって「こうろぎ」ではない。「草深みこほろぎ多に鳴く」というがここでは動物学的にキリギリスのことだというのである。その理由は草の葉の上にいると見做され、地表生活者のコウロギとは区別できるからである。キリギリスの鳴きかたは、「チョンギース、チョンギース」であるが、コウロギのほうは同種でも表現の違いがあり、どうともいえないらしい。まして歌から虫の音色は聞くのは難しい。

93

すがる（酢軽、為軽、須軽）漢名　蜾蠃、集中三首

しなが鳥　安房《あは》に継ぎたる　梓弓《あづさゆみ》　周淮《すゑ》の珠名《たまな》は　胸別《むなわけ》の　ゆたけき吾妹《わぎも》　腰細の　蜾蠃娘子《すがるをとめ》の　その姿　端正《きらきら》しきに　花のごと　咲《ゑ》みて立てれば　玉桙《たまほこ》の　道行く人は　己《おの》が行く　道は行かずて……容艶《かほよ》きに　よりてぞ妹は　たはれてありける

高橋虫麻呂歌集（九―1738）

（しなが鳥の安房に続く、梓弓の末―周淮の珠名は、胸の広い女で、腰の細いスガル蜂のような少女であった。その姿が美しく、花のように笑って立つと、玉桙の道を行く人は、自分の行く道も行かずに…美貌によって、それをよいことにして、この人はたわむれ、ふざけているよ）

安房の国に続く周淮《すゑ》郡の珠名という少女は胸のゆたかな可愛い人であった。「すがる」のような腰。端正な姿。笑って立つと、道行く人は自分の行く道を行かないで、その人が呼びもしないのにその人の門に寄ってしまう（中略箇所―隣に住む君は、前以って自分の妻と別れ、その人が求めもしないのに、家の鍵さへ献上するとか。人がこのように迷うほ

どなので…)。自分の美貌にいい気になって珠名は遊んでばかりいるということだ。題詞に「上総《かみつふさ》の周淮の珠名娘子を詠む一首併に短歌」とある。上総は下総と安房と合わせて現在の千葉県となっている。周淮は上総の郡名で、今は千葉、君津郡の一部となる。高橋虫麻呂歌集（一七六〇番歌の左注による）とあるが、一般に彼の自作の歌とされている。珠名はその名のような稀にみる美少女。誰もが誘い込まれずにはいられないほどであるにしても、美貌にたより過ぎているのではないか、という作者の憂慮が窺える。この長歌に次のような反歌がある。

酢軽、別名　じかばち、さそり

金門《かなと》にし人の来立《きた》てば夜中にも身はたな知らず出でてそ逢ひける（九―1739）

と、夜中でも自分の身のことはすっかり忘れて出ていく。ことさらに珠名が自分の身のことも忘れてと詠むことによって少女の行く末を憂慮する。虫麻呂には、遊び好きな美少女の幸のはかなさへの予感があったのではないだろうか。

すがるはジカバチの古名。上掲の歌では腰細の形容にすぎない。しかし自然のなかで飛び回るスガルも忘れてはならない。

春されば蜾蠃なす野のほととぎすほとほと妹に逢はず来にけり（十―1979）

夏の相聞で「鳥に寄す」であるから、ホトトギスの歌。そのホトトギスも後半のほとほとにかかる序詞にすぎないので、内容的には直接の関連はない。前半が難解であるが「春になれば蜂の生まれる野で鳴く夏のホトトギスの意（岩波頭注）」とあって、夏のホトトギスが春の野のイメージと季節を分けながら、連続した表現になっている。沢瀉説によれば「すがるなすの（那須野）として地名に解してすがるが羽音を立てるに重ねている。「すがるがなす―羽音を立てる―という那須野」であって、「なる（成）」は「人となる」「実になる」とはいえても、「すがるなる」を「すがるが生まれる」とか「すがるができる」とは理解できないと言われる。要するに那須野の地名にこだわるかどうかで言葉の上から確定するのは難しい。「スガル鳴く野のホトトギス」の新解釈もある。

94
つつがむし（恙虫）　漢名　赤虫・恙虫、集中三首

葦原《あしはら》の　瑞穂《みづほ》の国《くに》は　神《かむ》ながら　言挙《ことあげ》せぬ国《くに》　然《しか》れども　言挙《ことあげ》ぞわがする　事幸《ことさき》く　真幸《まさき》く座《ま》せと　恙《つつみ》なく　幸《さき》く座《いま》さば　荒磯波《ありそなみ》　ありても見《み》むと　百重波《ももへなみ》　千《ち》重波《へなみ》しきに　言挙《ことあげ》すわれは　言挙《ことあげ》すわれは

柿本《かきのもと》朝臣《あそん》人《ひと》麻呂《まろ》歌《か》集《しゅう》（十三―3253）

（葦原の瑞穂の国は、神の意のままに言挙をしない国である。しかし言挙を私はするよ。言霊の幸によってご無事にいらっしゃいと。障り無くご無事でいらっしゃたら、年月経てもまたお逢ひしましょうと、幾重にも幾重にも言挙をします、私は）

クモ形綱ダニ目のツツガムシ科。世界中に分布し、日本でも九十種ほどもある（動物事典）。一般に成虫の体長は一ミリほどで、体は中央がくびれて八字形をなし毛で覆われている。要するにダニと言われる毒虫で、時によると刺された人が病気になる厄介な虫らしい。但し、これが病原体として発見されたのは明治の晩年である。万葉時代にも草の中にいて、旅人を悩ます有害な虫と考えられていて、何事もなく無事であ

ることを「ツツガナク」という。

上掲の歌は言霊の歌である。葦原の瑞穂の国、即ち日本の国は、神ながらとして言挙げをしない国である。古代人の言霊信仰の消極面として、不適当な言葉や不吉な言葉をつつしむようになり、それが言挙げせぬ習俗を作っていた。しかし、私は敢えて言挙げをするよ。言霊の幸によってご無事でいらしゃるように。つつがなくご無事でいらっしゃたら、年月を経てまたお逢いしましょう。幾重にも幾重にも言挙げをします、私は。言挙げしますよ、私は、と心からの願いを繰り返す。無事への祈りは反歌において一層に高揚する。

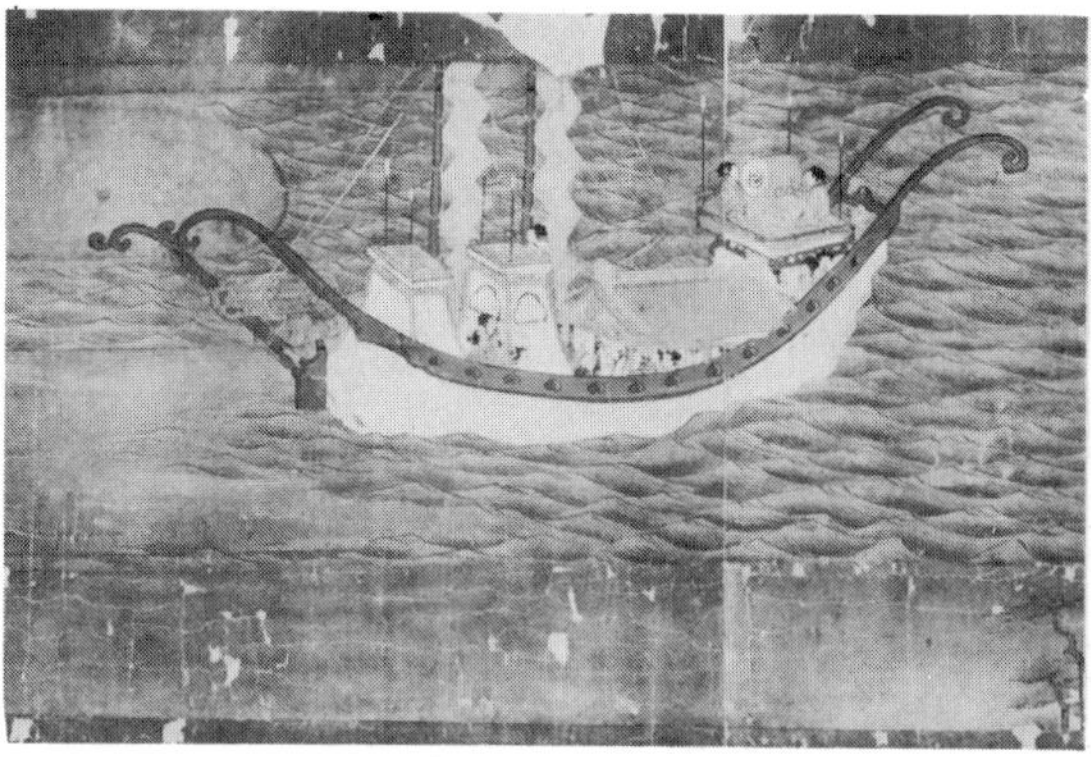

遣唐使船
「萬葉図録」（靖文社、昭和15年版）

しき島の大和の国は言霊のたすくる国
ぞま幸くありこそ（十三―３２５４）

これは「人麻呂歌集」からとなっているが、人麻呂の作と見做されている。巻十三の相聞の部に収められているけれど、およそ恋の歌とは違って儀礼的色彩が濃厚な歌である。研究によって遣唐使に贈られた歌と言われる。人麻呂時代の遣唐使派遣に関する唯一の記録が『続紀』の「大宝元年春正月…無位《むい》 山於 憶良 為少録《やまのうえのおくらをしょうろくとなす》」とあり、山上憶良の名が見えている。さらに、この言挙げの歌は山上憶良によっても、「好去好来の歌」として、天平五年三月三日の日付で遣唐大使多治比広成に贈られている。

神代《かみよ》より　言《い》ひ伝《つ》て来《く》らく　そらみつ　倭《やまと》の国は　皇神《すめかみ》の　厳《いつく》しき国　言霊《ことだま》の
幸《さき》はふ国と……大伴の　御《み》津《つ》の浜辺《はまび》に　直泊《ただはて》に　御船《みふね》は泊《は》てむ　恙《つつみ》無く　幸《さき》く
坐《いま》して　早帰《はやかえ》りませ（五―894）

このように憶良の遣唐船を送る長歌の結語にも「恙みなく」の詩句が使用されている。さらにこの遣唐使を送る言霊の祈りを通じて人麻呂と憶良の繋がりが推定されるのである。船旅には陸路にもまして危険が伴うものである。つつが無く、障りなきようにとの船旅安全への祈願の心は、いつの世にも変わらぬ人々の祈りである。

95 てふ（蝶） 漢名 蝶・胡蝶・探花使・採花子 蝶類の総名、集中七首

…庭《には》には新蝶《しんてふ》舞《ま》ひ、空《そら》には故雁《こがん》帰《かへ》る。ここに天《てん》を蓋《きぬがさ》とし、地《ち》を座《しきゐ》とし、膝《ひざ》を促《ちかづ》けて觴《さかづき》を飛《と》ばす。……

梅花の歌三十二首（五―815）の序

…暮春《ぼしゅん》の風景《ふうけい》、最《もっと》も可怜《おもしろ》し。紅桃《こうとう》は灼灼《しゃくしゃく》にして、戯蝶花《ぎてふはな》を廻《めぐ》りて舞《ま》ひ、翠柳《すいりう》は依依《いい》にして、嬌鶯葉《けうおうは》に隠《かく》りて歌《うた》ふ…

大伴池主（一七―3967・68）の序

（…庭には新しき蝶が舞い、空には古なじみの雁が帰ってゆく。そこで天を衣笠にし、地を座席とし、膝を近づけ盃をとり交わす…）

（…暮春の風景には最も心がひかれます。紅の桃花は輝くばかりで、戯れる蝶は花を巡って舞い、緑の柳はしなやかで、可愛い鶯は葉に隠れて歌います…）

蝶は鱗翅《りんし》目の蝶亜目に属し、蛾と区別される昆虫の総称。日本産にも二六〇種ほどあり、世界では一五〇〇〇種にもなるという（動物事典）。一般に馴染み深いのではア

蝶、別名　こてふ、てふてふ

ゲハチョウ、モンシロチョウ、モンキチョウ、オオムラサキ、コムラサキなどが咄嗟に頭に浮かぶけれど、他の名称は分からない。ひらひらと舞う蝶の姿は、秋の草むらにすだく虫の音と共に季節の風物詩である。蝶の方は春から夏にかけて発生するのが多く、一概にそうとは決められないにしても、菜の花に群がる蝶の風景は春である。にもかかわらず万葉集には蝶そのものを詠んだ歌がないのは不思議である。

葛飾の真間の「てこな」（手児名、手児奈）について「テコナは津軽にて胡蝶を言う」が紹介されていて参考にはなるが、通説では上代東国方言でテコが少女、ナが愛称の接尾語となって「可憐な乙女」の義と解せられる。すると万葉の蝶は、先に挙げた序文の中の二例を数えるのみとなる。

その一は、筑紫大宰府での長官大伴旅人宅にて天平二年正月梅花の宴が催された時、挨拶のなかで蝶が舞い出てくる。「折しも初春のよき月、気は清朗、風はやわらかに…。庭には新しき蝶が舞ひ、空には故雁が帰ってゆく。…」と新旧の交替を蝶と雁によって象徴している。初雁が秋で、およそ雁は冬鳥。春は鶯なのに、鶯でなくて、蝶を配したところに新鮮な試みがあったのか。

次に大伴池主による「家持への返書」のなかで、蝶は暮春の風景に登場する。「…紅桃の花は輝き、戯れる蝶は花を巡って舞ひ…」。これは家持に対する池主の天平十九年の手紙。家持は越中に赴任して翌年の春に重病にかかり、間もなく回復する。その喜びの手紙を池主に出したのである。家持「春……この節候に対し、琴樽《きんそん》翫《もてあそ》ぶ可し…」春ともなれば、琴を弾じ、酒を汲み交わしたいが外に出られないので、短い歌を作ってお手許に呈します。池主の返書における家持へのねぎらいの言葉の要点を察するならば、〈見事な文章で、併せて和歌を頂き…心が通ずればいうべき言葉も忘れます。ましてや琴や酒などは不要ですよ〉と述べている。

96

なつむし（夏虫）集中一首

鶏《とり》が鳴《な》く　吾妻《あづま》の国《くに》に　古《いにしへ》に　ありける事《こと》と　今《いま》までに　絶《た》えず言《い》ひ来《く》る　勝鹿《かつしか》の　真間《まま》の　手古奈《てこな》が……中略……　望月《もちづき》の　満《た》れる面《おも》わに　花《はな》のごと　咲《ゑ》みて立てれば　夏虫《なつむし》の　火《ひ》に入《い》るが如《ごと》　水門《みなと》入《い》りに　船漕《ふねこ》ぐ如《ごと》く　行《ゆ》きかぐれ…後略

高橋虫麻呂歌集《たかはしむしまろかしゅう》（九－1807）

（東国に昔あった話として、今までに絶えず今に絶えず語り伝えて来ている葛飾の真間の手子奈が……。望月のように欠けることのない顔立ちで、花のように微笑んで立っているので、夏虫が火に入るように、港に入ろうと船を漕ぐように、寄り集まって…）

高橋虫麻呂の「勝鹿《かつしか》の真間娘子《ままのをとめ》を詠む歌一首併せて短歌」から夏虫をとりあげる。挽歌は四三句からなる長文なので途中をカットしなくてはならなかった。説明文で少しは空白を補充しておきたい。

さて「飛んで火に入る夏の虫」とは、情欲物欲のために身命を捨てる愚人の例えに用いられて来た。「…知者は秋の鹿、鳴きて山に入り、愚人は夏の虫、飛んで火に焼くとぞながめさせ給ひける」（源平盛衰記）。夏虫が火中に飛び込むのは近年の動物研究によれば草木が日光を求めて枝葉を延ばすように、自動的に光源に吸い寄せられることなのである。夜行性の虫がもつこのような自然のさだめを思えば、夏の虫はどのような例えにふさわしいであろうか。

手古奈社「萬葉図録」（靖文社、昭和15年版）

集中に夏虫を詠み込んだのは上掲の一首しかない。それは美しくもはかない娘子、葛飾の真間の手古奈の物語に登場する。真間の手古奈は、噂に高い美少女であった。

「…真間の手古奈が、麻衣《あさぎぬ》に青衿《あをくび》着《つ》け、直《ひた》さ麻《を》を　裳《も》には織《を》り着《き》て　髪《かみ》だにも　掻《か》きは梳《けづ》らず　履《くつ》をだに　はかず行《ゆ》けども　錦綾《にしきあや》の　中につつめる　斎児《いはひこ》（お姫様）も　妹に如かめや　望月の…」と、粗末な衣服を身につけ、髪の毛も掻きけずらず、履物もはかずにいても、錦綾で包んだ姫様であってもこの少女には及ばない。「満月のような面差しで、花のように微笑むと、夏虫が火に入るように、港へ船が漕ぎ入るように」求婚者たちが寄り集まってきた。思い悩んだ彼女は遂に水中に身を投げ世を去ったのだ。その迷いを虫麻呂は捉えて「…何すとか身をたな知りて…」と言う。これは微妙な表現である。どういうことなのか。身の定めをすっかり知って、はかなくも命を落としてしまうとは、の強い反発がある。自己の存在価値に誇りを持ち、主体的に選択して生きる積極性を奪われてしまっていた貧しい家に生まれた美少女。夏虫よりも弱い少女に寄せる反発の裏面には、「何すとか…」の言葉によって、限りない虫麻呂の愛情が込められてはいないか。

手児奈伝説によって有名になった葛飾の地には、高橋虫麻呂に前後して山部宿祢赤人も訪れている。そして「勝鹿の真間娘子の墓を過ぐる時」に長歌一首と反歌二首を寄せている。長歌を省略して、反歌二首をあげて、虫麻呂と比較して見れば、

吾も見つ人にも告げむ葛飾の真間の手児名が奥津城処《きどころ》（三―432）

葛飾の真間の入江にうち靡く玉藻刈りけむ手児名し思ほゆ（三―433）

97 ほたる（螢）漢名　螢・夜光・景天、集中一首

この月《つき》は　君来《きみき》まさむと　大船《おほふね》の　思《おも》ひたのみて　何時《いつ》しかと　わが待《ま》ち居《を》れば　黄葉《もみちば》の　過《す》ぎていにきと　玉梓《たまずさ》の　使《つかひ》の言《い》へば　螢《ほたる》なす　ほのかに聞《き》きて　大地《おほつち》を　炎《ほのほ》と踏《ふ》みて　立ちて居て　行方《ゆくへ》も知らず……略……ねのみし泣かゆ

（十三―3344）

（この月は君が御帰りになるかと、大船に乗った心でたのみに思って、いつかいつかと私が待っていると紅葉の散ってしまうように、お亡くなりになったと使いが言うので、螢火のようにほのかに聞いて、この大地をも炎を踏むように踏み、立ってもいても、どうしてよいかわからず……ただ泣いてばかり）

これは防人の妻の歌といわれる。

柿本人麻呂の長歌（二―207）に、この句に似た句があるので、人麻呂の歌を手本として、防人であった亡夫のために妻が詠んで捧げた挽歌と推定されている。防人等の歌群は、天平勝宝七歳二月の作として八四首が『万葉集』二十巻に一挙に登載されている。上掲の長歌はそれとは系譜を異にするが、防人の妻の不安定な境遇が悲傷の

螢、別名　なつむし

挽歌となって人の胸を打つ。

夫の死の便りを、蛍火のようにほのかに聞いて、この大地を、炎を踏むように踏んで、立っても、居てもおられない……と嘆くのであるが、この蛍火と炎の比喩的表現の見事さには舌を巻く思いがする。上掲の続きに技巧的な十七句が残っている。個人としての防人の妻の作というよりは「別居の夫を失った妻の悲嘆を表現する為に人麻呂を手本として、それから転訛し、成立した民謡であろう（私注）」という説にも納得しがたいように思われる。むしろ教養ゆたかな防人の妻がいたと見做してロマンの幻想を残しておきたい。

実は、「万葉人にとって蛍とは？」と聞かれて調べたのだが、蛍は、この挽歌の中にしかな出てこないのである。しかも枕詞として使用されているだけで、蛍の文学的情緒は『万葉集』には現れてはいない。古代人は暗夜に恐怖を抱く傾向がある。蛍にしてみれば、発光は敵から身を守る手段でもある。時には数百匹が集まって一塊となり、遠くからは、まるで火の玉のように、暗闇のなかで光って見えるのである。これはまさしく挽歌で使われる枕詞に相応しい蛍火ではないか。続いて反歌も挙げておこう。

葦辺行く雁の翅《つばさ》を見る毎に君が佩《お》ばしし投矢《なげや》し思ほゆ（十三‐3345）

葦辺の上を飛び行く雁の翼を見る度に、君が佩びておられた投矢が偲ばれる。「或は云はく」によって、短歌が防人の妻の作なれば長歌もまた然りの左注がある。

雁は、晩秋にシベリヤから渡ってきて、湿原や湖沼の葦辺に群生して冬を越し、再び春には北の方に帰って行く。編隊を組んでリーダーに導かれ、翼を広げて大空を飛んで行く。防人の場合は、大抵は難波津に集合して九州に向かって船出をする。防人歌関連の歌にはタズ、アトリ、カモ、ケリなどの鳥たちが詠み込まれている。北に帰るカリは進路が逆になるからであろうか、これまでは登場しなかったのに、作者はなにゆえに雁の翼に思いを寄せているのであろうか。北に向かって帰路につく雁の翼に、亡き夫の影像（投矢を付けた姿）を見ているのであろうか。

98　ひぐらし（日晩・日晩之・比具良之）　漢名…蜩・斉女、集中九首

夕《ゆふ》されば　ひぐらし来鳴《きな》く　生駒山《いこまやま》　越《こ》えてそ吾《わ》が来《く》る　妹《いも》が目《め》を欲《ほ》り

秦間満《はたのはしまろ》（十五―3589）

（夕方になるとひぐらしの来て鳴く生駒山を、越えて私は来ることよ。妹に逢いたくて）

集中に「ヒグラシ」を詠む歌が九首。「セミ」を詠むのが一首。但しこのように区別をしてみても、動物学上のヒグラシと同種の昆虫が指されているかどうかには疑問がある。そこで歌の内容から判定しなくてはならなくなる。というのは万葉時代にはヒグラシはセミの総称でもあったと思われるからである。

蟬の種類は多いが、よく知られているのでは、真夏の日中に喧しく鳴き立てるアブラゼミとミンミン、早朝と夕方にカナカナーと涼しげな声を出すヒグラシ、秋を知らせるツクツクボウシなど。上掲の歌は「夕方になると、ヒグラシが来て鳴く」と言っているのでこれは正真正銘のヒグラシである。

難波から寧楽への最短コースが生駒山の暗峠《くらがりとおげ》越《こ》えであり、作者は険しい峠道を

越えて妻に逢いに来ている。

この歌が掲載されている巻十五は、遣新羅使人の歌群と中臣宅守《なかとみのやかもり》と狭野茅上娘子《さののちがみのおとめ》との贈答の二大歌群から成り立っている。

作者の秦間満は伝未祥ではあるが、編集の意図に従えば遣新羅使人の一人ということになろうか。『続日本紀』によれば、天平八年（736）四月に阿部継麻呂《あべのつぐまろ》が大使として拝命を受け、六月には出発している。拝命後から出発までに休暇が与えられて、暗峠越への最短距離を急いで帰り、彼らは妻との別れを惜しんことだろう。

もう少し別のヒグラシの歌を挙げてみよう。

黙然《もだ》もあらむ時も鳴かなむひぐらしの物思ふ
時に鳴きつつもとな（十―1964）

夕影《ゆうかげ》に来鳴くひぐらし幾許《ここだ》くも日ごとに聞け
ど飽かぬ声かも（十―2157）

（暗峠）日晩、別名　せび、うつせみ

両歌ともに蟬（ひぐらし）を詠める、となってはいるが前者は、うるさく一日中鳴き続けているようだ、何事もない時に鳴いてほしい、なのに、ひぐらしが物思いをしている時に鳴くので、気にかかって落ち着けないよ、と訴えている。これはアブラゼミやミンミンぜみなどが交じって合唱している状態を詠んだのであろう。後者の歌意によれば、毎日聞いてはいるけれども、まだ聞き飽くことがないという。こんなに多く（ここだくも）聞いて飽きることがないのである。これは今も言われるところの正真正銘のヒグラシに違いない。以下岩波頭注を参照すると、ヒグラシは九州・四国・本州の山地に多く、六月下旬から九月中旬にかけて、早朝四～五時と午後五時～七時頃まで、つまりやや涼しい時間帯に鳴くのである。だから雨の日は昼間でも鳴くのである。その鳴き声に哀調があって、心に沁みるので、文学にもよく登場する。蟬の生態を調べて、各々の歌について分析してみるとおもしろそうだ。両歌ともに作者不明。

その他

99 かはづ（河津・河豆・蝦）漢名　河鹿・河蝦、集中二十首

蝦《かはづ》鳴《な》く　神名火川《かむなびがわ》に　影見《かげみ》えて　今《いま》か咲《さ》くらむ　山吹《やまぶき》の花《はな》

厚見王《あつみおほきみ》（八－1435）

（河鹿（かじか）の鳴く神名火川に影を映して、今頃は咲いているであろうか山吹の花が）

集中に「カハヅ」とあるのは、今日の河鹿であって、カハヅがカエルになったのは平安朝になってからのことであるという。二十首もあるカハヅの歌の中で十六首は明らかに河鹿だそうだ。他の四首はトノサマガエルやツチガエルを詠んだものである。また山上憶良の「惑へる情を反さしむる歌」の長歌のなかに「谷蟆（たにぐく）」の言葉がある。これはヒキガエルのことで「谷間に棲みてククと鳴けば言う（大言海）」ところから名付けられていて、万葉では、別格である。カエルは両生綱無尾目で、南極大陸を除いて全世界に広く分布し、約二六〇〇種程が知られている（動物事典）。

カジカガエルの体長は雄が三～四センチ、雌が五～七センチ、普通よりやや小振りで、足先に吸盤があって清い渓流に棲んでいる。石の下に潜り込み、取り出したとし

ても、十分もすれば再び潜り込む。本州、四国、九州のみに分布する日本固有の両棲類で、琉球や台湾に棲む河鹿は別種のものであるという。その鳴き声が愛らしく、あたかも鹿の鳴くのに似ているので、河に棲む鹿という意味で河鹿の呼称が与えられた。川魚にカジカという名の魚がいて、これをカエルのカジカと間違えて、後世では魚が鳴くと信じる者もあったが、さすがに「萬葉人は蛙と魚を取違えるやうな事はなく、溪間に美しい聲を立てるものの正體をよく知っていた（東光治）」。

河津、別名　かじか

秋に虫の声を楽しむように河鹿の鳴き声を聞く。だから秋の風情だという説に固執する者もある。だが上掲の歌はそれを反証するのではないか。というのは神名火川（飛鳥川か竜田川のどちらかであるが、前者が有力）に影を映す山吹を見たいものと歌っているからである。山吹の花が咲くのは大和では四月中頃～五月で、花の盛りが河鹿の鳴き盛りでもあることになる。鳴き声の周波数は約二kHzでヒュル、ル、ル……と二〜三秒間持続する。雄が五月頃から流水中の石の上で鳴き始める（動物事典）とある。これは山吹の花の咲く頃で、万葉の歌意ともよく合致している。河鹿と季節の関係を言えば「かわづ」の歌には山吹の花のほかに「川楊」や「馬酔木の花」が詠み込まれている。即ち「かはづ鳴く六田の川」や「かはづ鳴く吉野」のような地名への枕詞とのみ解することができない。とすれば河鹿は秋の風情とのみいうことができない。

かはづ鳴く六田《むつだ》の川の川楊《かはやぎ》のねもころ見れど飽かぬ川かも（九—1723）（絹の歌）

かわづ鳴く吉野の河の滝の上のあしびの花ぞ地に置くなゆめ（十—1868）（花を詠む）

神名火の山下響《とよ》み行く水にかはづ鳴くなり秋といはむとや（十—2162）（蝦を詠む）

この三首のうち二首は春の季節を告げていて、あと一首は、かはづの鳴く声によって秋の気配を感じている。河鹿を詠むとせられる十六首を比較しても、河鹿の鳴く季節の特徴は捉えることはできない。河鹿の好む場所が千鳥と同じく清らかな水のあるところ。今日のように人家が増し、河川も改修され、河鹿は棲む場所を変えている。

100

かめ（亀）　漢名　亀、集中二首

やすみしし　わご大王《おほきみ》　高照《たかて》らす　日《ひ》の皇子《みこ》　荒栲《あらたへ》の　藤原《ふぢはら》がうへに……知《し》らぬ
国　寄《よ》し巨勢道《こせぢ》より　わが国は　常世《とこよ》にならむ　圖《ふみ》負へる　神《くす》しき亀《かめ》も　新代《あらたよ》と
泉《いづみ》の河《かは》に　持《も》ち越《こ》せる　真木《まき》の嬬手《つまで》を　百足《ももた》らず　筏《いかだ》を作《つく》り　のぼすらむ　勤《いそ》
はく見《み》れば　神《かむ》ながらならし

藤原宮《ふぢはらのみや》の　役民《えのたみ》　作歌《のつくるうた》（一―50）

（あまねく国土をお治めになるわが大君、高く照らす日の御子は荒栲の藤原の地に……（まつろわぬ国も寄りついて来るという）巨勢路から、国が永遠に栄えるであろう「瑞兆」を持った不思議な亀が、新しい御世を祝福して出づという、その泉の河に持ち込んだ、檜や杉の用材を、百足らず五十（い）筏に作り、上流へ運ぼうとするのであろう、先を争って励んでいるのを見ると、わが大君は誠に神としておいでになるのであろう）

浦島太郎伝説にも登場して親しまれている亀について取り上げておきたいと思ったが、万葉集で亀はあまり活躍していない。しかも亀そのものというよりも、一つは瑞祥思想と結びつき、他は亀卜（万葉では恋占い）に関係している。この両者ともに人間の幸運への願望が変形して亀に託されたものであるから、亀は日常的身近な存在としてよりも、人間にとって不可思議な威力をもつものとして崇拝されていたことになろう。

「亀にあっては、動作ののろさと、その長命が一種の原初生物」としての根源性を想像させるところがある。強靭な甲羅は逞しく安定している。そこで中国では寺院の柱の支え、インドでは神像を支える役を果たしている。ギリシヤから一つの話題を拾ってみると、亀はヘルメス神の象徴であった。亀の甲羅を用いて竪琴を作ることを思いついたのは、ヘルメスが最初であった。この竪琴がアポロンを夢中にさせ、ヘルメスとの取り引きに応じさせたという。『ホメロス賛歌』の一つは亀を称えて、「生きている間はお前は災いをなす魔術から守ってくれるが、死んでからも（甲羅が楽器になる）、とびきり上手に歌を歌うことであろう（『動物シンボル事典』）。

亀

上掲の歌の「神亀」は「あやしき亀」とも「くすしき亀」とも読まれる。いずれにしても瑞兆を呼ぶとして中国の禹王の時「亀圖を負ひて洛水より出ず」と伝えられている。奈良時代に霊亀と神亀と宝亀という亀に因んだ元号があり、ともに亀の献上が『続紀』に記録されている。左京職の貢進によって亀を得たので、そこで和銅八年を霊亀元年―七一五年九月二日―とし、元明帝から元正帝に譲位があった。次に養老七年（723）九月に白亀が出現したとかで、養老八年を改め神亀元年―七二四年二月四日―として元正帝から聖武帝に、さらに白亀の献上によって宝亀元年（七七〇年十月）として、称徳帝から光仁帝への譲位があった如く、亀は瑞兆のシンボルとされた。

カメは爬虫綱カメ目の総称で、体の構造は基本的には地質時代とほとんど変わってはいないという。世界のカメは、二一三種ほどあり、日本近海に産するのは十二種程度ということである。池や沼で良く知られているのがイシガメ、もう少し大きくなるとヤマガメという。砂浜に卵をうみに来る海亀はアカウミガメで、浦島伝説はこの種のものではないか。冒頭の歌の巨勢道から出た背に図のある瑞兆の亀は多分イシガメであろうと推定されている。

参考文献

日本古典文学大系『萬葉集』一〜四巻（岩波書店）一九八四。
日本古典文学大系『日本書紀』上・下（岩波書店）一九七四。
日本古典文学大系『風土記』（岩波書店）一九八八。
日本古典文学全集『萬葉集』一〜四巻（小学館）一九七四。
日本古典文学全集『古事記・上代歌謡』（小学館）一九七三。
直木孝次郎他訳註『続日本紀』（平凡社東洋文庫）一九八八。
澤瀉久孝著『萬葉集注釈』一〜二〇巻　（中央公論社）一九七四。
中西進著『萬葉集』一〜四巻　（講談社文庫）一九八一。
佐々木信綱編　新訓『萬葉集』上・下　（岩波文庫）一九九四。
梅原猛ほか著『万葉を考える』（新潮社）一九七五。
犬養孝著『萬葉の旅』上・中・下巻　（社会思想社）一八六四。
谷馨著『萬葉集東国紀行』（桜楓社）一九六八。
久松潜一監修『萬葉集講座』一〜六巻（有精堂）一九七七。
伊藤博・稲岡耕二編『万葉集を学ぶ』一〜八巻（有斐閣選書）一九七八。
東光治著『萬葉動物考』（人文書院）一九三五。
東光治著『続萬葉動物考』（人文書院）一九四四。
山本章夫著『萬葉古今動植正名』（恒和出版）一九七九。
山田修七郎『万葉の鳥』（近代文芸社）一九八五。

ジャン＝ポール・クレーベル著『動物シンボル事典』竹内信夫・柳谷巌・西村哲一・瀬戸直彦／アラン・ロシェ訳（大修館書店）一九八九。

佐佐木信綱・新村出共編『萬葉図録』（靖文社）一九四〇。

日本鳥類保護連盟監修『野鳥の歳時記』一〜八巻（小学館）一九八四。

東光治『萬葉動物』写真と解説（三省堂）一九四三。

伊藤博・橋本達雄『万葉集物語』（有斐閣ブックス）一九七七。

岡田米夫著『神社』（近藤出版社）一九八五。

鹿持雅澄著『萬葉品物圖繪上・下巻』與謝野寛・正宗敦夫・與謝野晶子編纂・校訂（日本古典全集刊行会）（一九二五）。

『万有百科大事典』（動物）（小学館）一九七四。

あとがき

青垣山に囲まれたやまと盆地のなかにある女子短大に長年にわたって勤務する間に、何時のまにか馴れ親しんでいたのが「万葉詩歌集」である。万葉の世界に一歩足を踏みいれ、万葉人に出合ってみると千幾百年ほどの時を越えて、身近かに古代の人々の息遣いが伝わってくる。このような感慨を心から言い切ることができるということは、このやまとの自然と文化が私にとって住み馴れた第二の故郷となってしまっていたからであろうか。また知多半島南部の穏やかに湾入した海岸の町に生まれた私は、海路の旅を行く万葉哀歓の詩情によって浜辺の風情を今更のごとく懐かしく想い起こしたのである。

さらにやまとの国を離れ出て、日本全国各地に万葉愛好家を案内してくれるのが渡り鳥の四季である。渡り鳥の種類と棲息地は現在とはかなり変わっているかも知れない。今の私にはその比較研究は難しいので、ただ想像と現実を重ね合わせる以外に方法はないのではあるが、人間性の底流をなすものをそれによって汲みとることができれば、それが悦びなのである。日本で最初に人間の役に立ったのは馬、それに犬や鹿である。鳥たちよりも遥かに人間の実生活に溶け込んでいて、人間と喜怒哀楽を分かちあっていた獣たちと人間との係わりにも興味深いものがある。このように万葉歌に現われている動物たちに誘われて、全国各地を歩きまわってみるのも楽しい歌紀行といってよいのではないであろうか。動物たちのシンボル機能の個性的表現を捉えてみれば、文化の比較研究としては、グロバールな視野をもって考察される可能性を内含すると考えられる。

さて、このように知らず知らずのうちに私の心の中に住みついてしまっていた『万葉集』。この万葉集について私は専門研究外の立場にありながら臆面もなく、気ままな発想によって度々の接近を試みてみた。その度に『万葉集』は、確かな手応えをもって私を迎えてくれたのである。それに気を好くして、ここに取り上げたのは、数年前に奈良新聞に週一回、二年間ほど連載した「万葉動物記」の記述を二倍に膨張させたものである。数年の時間的経過の間隙はさほど気にはならない。世の中の動きがめまぐるしく変動しているのに万葉の世界は依然として変わらぬ魅力を放っていると思われる。できるかぎり難解な約束された言葉の壁を乗り越えて、決して失ってはならない万葉人のこころを現代に問いかけてみたいと思うのである。とはいえ数年のあいだ箱の底で眠っていた原稿を再検討してみると、不十分な個所が多々発見されるのではあるが、この度機会を得たので、不十分ながら小著として出版することにした。万葉研究の諸先生方、万葉愛好家、もしくは動物愛好家、その他の皆様方の忌憚のないご教示を賜りますよう願っております。最後になりましたが本書の出版を積極的にお引き受けくださいました溪水社社長の木村逸司氏に厚くお礼を申しあげます。また面倒な校正を快くお引き受け下さいました元奈良文化女子短大教授の木村守一先生に深く感謝いたします。

（二〇〇一年の秋）

引用歌索引

を

宮地たか（みやじ　たか）

1929年　愛知県知多郡の生まれ。天理市在住。
1953年　京都外国語短期大学卒業。
1955年　龍谷大学文学部哲学科卒業。
1958年　京都大学大学院修士終了（宗教学）。
1964年　京都大学大学院博士課単位取得。
現　在　奈良文化女子短大教授（哲学・倫理学）。
　　　　天理市山の辺文化会議理事。

著書・論文

『情念の哲学』（北樹出版）、『扶桑樹呻吟記―壬申の乱』（日本教育センター）、『渓聲西谷啓治』（上）回想編共著（燈影社）、『天平の女』（勉誠社）、『哲学への道』（北樹出版）、『やまと・万葉の花』共著（京都書院アーツコレクション）編集シーグ出版株式会社、『山の辺の歴史と文化を探る』山の辺文化会議編共著、「詩の解釈学―記紀・万葉の世界」、「古代ギリシャの神々」、その他論文多数。

万葉の動物たち

2001年11月1日　発行

著　者　宮　地　た　か
発行所　㈱　渓　水　社

広島市中区小町1－4（〒730-0041）
電　話（082）246－7909
FAX（082）246－7876
E-mail:info@keisui.co.jp

ISBN4－87440－658－0　C1092